浮生六记
影梅庵忆语

[清] 沈复 冒襄 著

陈君丹 校注

江苏凤凰文艺出版社
JIANGSU PHOENIX LITERATURE AND
ART PUBLISHING, LTD

图书在版编目（CIP）数据

浮生六记 /（清）沈复著．影梅庵忆语 /（清）冒襄著．— 南京：江苏凤凰文艺出版社，2019.1（2022.10 重印）
（国粹必读丛书）
ISBN 978-7-5594-0189-2

Ⅰ.①浮… ②影… Ⅱ.①沈… ②冒… Ⅲ.①古典散文－散文集－中国－清代 Ⅳ.①I264.9

中国版本图书馆 CIP 数据核字(2017)第 076435 号

浮生六记·影梅庵忆语

著　　者	（清）沈复　（清）冒襄
出 版 人	张在健
责 任 编 辑	高竹君　张　黎
出 版 发 行	江苏凤凰文艺出版社
出版社地址	南京市中央路 165 号，邮编：210009
出版社网址	http://www.jswenyi.com
印　　　刷	苏州越洋印刷有限公司
开　　　本	880 毫米×1230 毫米　1/32
印　　　张	5.25
字　　　数	100 千字
版　　　次	2019 年 1 月第 1 版
印　　　次	2022 年 10 月第 2 次印刷
标 准 书 号	ISBN 978-7-5594-0189-2
定　　　价	25.00 元

江苏凤凰文艺版图书凡印刷、装订错误，可向出版社调换，联系电话025-83280257

目录

浮生六记

- 卷一　闺房记乐 …………………………………… 3
- 卷二　闲情记趣 …………………………………… 22
- 卷三　坎坷记愁 …………………………………… 32
- 卷四　浪游记快 …………………………………… 50
- 卷五　中山记历 …………………………………… 80
- 卷六　养生记道 …………………………………… 111

影梅庵忆语

- 卷一 ……………………………………………… 131
- 卷二 ……………………………………………… 140
- 卷三 ……………………………………………… 146
- 卷四 ……………………………………………… 156

浮生六记

浮生六记卷一

闺房记乐

余生乾隆癸未冬十一月二十有二日,正值太平盛世,且在衣冠之家①,居苏州沧浪亭畔,天之厚我可谓至矣。东坡云:"事如春梦了无痕。"苟不记之笔墨,未免有辜彼苍之厚。

因思《关雎》冠三百篇②之首,故列夫妇于首卷,余以次递及焉。所愧少年失学,稍识之无,不过记其实情实事而已,若必考订其文法,是责明于垢鉴③矣。

余幼聘金沙于氏,八龄而夭。娶陈氏。陈名芸,字淑珍,舅氏心余先生女也,生而颖慧。学语时,口授《琵琶行》,即能成诵。四龄失怙,母金氏,弟克昌,家徒壁立。芸既长,娴

---

① 衣冠:代指缙绅、士大夫。
② 《三百篇》:《诗经》的代称,因有三百零五篇,故名之。
③ 垢鉴:因蒙尘而看不清楚的镜子。

女红，三口仰其十指供给，克昌从师，修脯①无缺。一日，于书簏中得《琵琶行》，挨字而认，始识字。刺绣之暇，渐通吟咏，有"秋侵人影瘦，霜染菊花肥"之句。

余年十三，随母归宁，两小无嫌，得见所作，虽叹其才思隽秀，窃恐其福泽不深，然心注不能释，告母曰："若为儿择妇，非淑姊不娶。"母亦爱其柔和，即脱金约指缔姻焉。此乾隆乙未七月十六日也。

是年冬，值其堂姊出阁，余又随母往。芸与余同齿而长余十月，自幼姊弟相呼，故仍呼之曰淑姊。时但见满室鲜衣，芸独通体素淡，仅新其鞋而已。见其绣制精巧，询为己作，始知其慧心不仅在笔墨也。其形削肩长项，瘦不露骨，眉弯目秀，顾盼神飞，唯两齿微露，似非佳相。一种缠绵之态，令人之意也消。索观诗稿，有仅一联，或三四句，多未成篇者。询其故，笑曰："无师之作，愿得知己堪师者敲成之耳。"余戏题其签曰"锦囊佳句"②。不知夭寿之机此已伏矣。

是夜送亲城外，返已漏三下，腹饥索饵，婢妪以枣脯进，余嫌其甜。芸暗牵余袖，随至其室，见藏有暖粥并小菜焉，余欣然举箸。忽闻芸堂兄玉衡呼曰："淑妹速来！"芸急闭门曰：

---

① 修脯：古代学生送给老师干肉为酬，后指代为学费。

② 锦囊佳句：唐代诗人李贺每外出，必背一锦囊，有得佳句，即投入锦囊中。李贺早逝，此处意为不祥之兆。

4

"已疲乏，将卧矣。"玉衡挤身而入，见余将吃粥，乃笑睨芸曰："顷我索粥，汝曰'尽矣'，乃藏此专待汝婿耶？"芸大窘避去，上下哗笑之。余亦负气，挈老仆先归。

自吃粥被嘲，再往，芸即避匿，余知其恐贻人笑也。

至乾隆庚子正月廿二日花烛之夕，见瘦怯身材依然如昔，头巾既揭，相视嫣然。合卺后，并肩夜膳，余暗于案下握其腕，暖尖滑腻，胸中不觉怦怦作跳。让之食，适逢斋期，已数年矣。暗计吃斋之初，正余出痘之期，因笑调曰："今我光鲜无恙，姊可从此开戒否？"芸笑之以目，点之以首。

廿四日为余姊于归①，廿三国忌不能作乐，故廿二之夜即为余姊款嫁。芸出堂陪宴。余在洞房与伴娘对酌，拇战②辄北，大醉而卧，醒则芸正晓妆未竟也。

是日亲朋络绎，上灯后始作乐。廿四子正，余作新舅送嫁，丑末归来，业已灯残人静。悄然入室，伴妪盹于床下，芸卸妆尚未卧，高烧银烛，低垂粉颈，不知观何书而出神若此。因抚其肩曰："姊连日辛苦，何犹孜孜不倦耶？"芸忙回首起立曰："顷正欲卧，开橱得此书，不觉阅之忘倦。《西厢》之名闻之熟矣，今始得见，真不愧才子之名，但未免形容尖薄耳。"余笑曰："唯其才子，笔墨方能尖薄。"伴妪在旁促卧，令其闭

---

① 于归：指女子出嫁。
② 拇战：猜拳。民间饮酒时一种助兴取乐的游戏。酒令的一种。其法：两人同时出一手，各猜两人所伸手指合计的数目，以决胜负。

门先去。遂与比肩调笑,恍同密友重逢。戏探其怀,亦怦怦作跳,因俯其耳曰:"姊何心春乃尔耶?"芸回眸微笑,便觉一缕情丝摇人魂魄,拥之入帐,不知东方之既白。

芸作新妇,初甚缄默,终日无怒容,与之言,微笑而已。事上以敬,处下以和,井井然未尝稍失。每见朝暾①上窗,即披衣急起,如有人呼促者然。余笑曰:"今非吃粥比矣,何尚畏人嘲耶?"芸曰:"曩②之藏粥待君,传为话柄,今非畏嘲,恐堂上道新娘懒惰耳。"余虽恋其卧而德其正,因亦随之早起。自此耳鬓相磨,亲同形影,爱恋之情有不可以言语形容者。

而欢娱易过,转瞬弥月③。时吾父稼夫公在会稽幕府,专役相迓④,受业于武林赵省斋先生门下。先生循循善诱,余今日之尚能握管,先生力也。归来完姻时,原订随侍到馆。闻信之余,心甚怅然,恐芸之对人堕泪。而芸反强颜劝勉,代整行装,是晚但觉神色稍异而已。临行,向余小语曰:"无人调护,自去经心!"及登舟解缆,正当桃李争妍之候,而余则恍同林鸟失群,天地异色。到馆后,吾父即渡江东去。

居三月如十年之隔。芸虽时有书来,必两问一答,半多勉励词,余皆浮套语,心殊怏怏。每当风生竹院,月上蕉窗,对

---

① 朝暾:初升的太阳,亦指早晨的阳光。
② 曩:先时,以前。
③ 弥月:指新婚满一个月。
④ 相迓:犹相迎。

景怀人，梦魂颠倒。先生知其情，即致书吾父，出十题而遣余暂归，喜同戊人得赦。登舟后，反觉一刻如年。及抵家，吾母处问安毕，入房，芸起相迎，握手未通片语，而两人魂魄恍恍然化烟成雾，觉耳中惺然一响，不知更有此身矣。

  时当六月，内室炎蒸，幸居沧浪亭爱莲居西间壁，板桥内一轩临流，名曰"我取"，取"清斯濯缨，浊斯濯足"① 意也；檐前老树一株，浓阴覆窗，人面俱绿，隔岸游人往来不绝，此吾父稼夫公垂帘宴客处也。禀命吾母，携芸消夏于此。因暑罢绣，终日伴余课书论古，品月评花而已。芸不善饮，强之可三杯，教以射覆②为令。自以为人间之乐，无过于此矣。

  一日，芸问曰："各种古文，宗何为是？"余曰："《国策》《南华》③取其灵快，匡衡④、刘向⑤取其雅健，史迁⑥、班固⑦

---

  ① 清斯濯缨，浊斯濯足：清水可用来清洗帽带，浊水可用来洗脚，寓意人的好坏在于自身决定，在好的环境和坏的环境中，都可以做好的事情。语出自《孟子·离娄上》。

  ② 射覆：古代类似于占卜术的猜物游戏。在瓯、盂等器具下覆盖某一物件，让人猜测里面是什么东西。后为酒令之一。

  ③ 《国策》《南华》：即《战国策》《南华经》。

  ④ 匡衡：匡衡，字稚圭，西汉大臣、经学家，幼家贫，而勤奋好学，曾凿壁偷光读书。对《诗经》见解犹独特。

  ⑤ 刘向：西汉官吏，目录学家，文学家。作有《战国策》等。

  ⑥ 史迁：即司马迁。

  ⑦ 班固：东汉史学家、文学家，著有《汉书》。

取其博大，昌黎①取其浑，柳州②取其峭，庐陵③取其宕，三苏④取其辩。他若贾、董⑤策对，庾、徐⑥骈体，陆贽⑦奏议，取资者不能尽举，在人之慧心领会耳。"芸曰："古文全在识高气雄，女子学之恐难入彀，唯诗之一道，妾稍有领悟耳。"余曰："唐以诗取士，而诗之宗匠必推李杜，卿爱宗何人？"芸发议曰："杜诗锤炼精纯，李诗潇洒落拓；与其学杜之森严，不如学李之活泼。"余曰："工部为诗家之大成，学者多宗之，卿独取李，何也？"芸曰："格律谨严，词旨老当，诚杜所独擅。但李诗宛如姑射仙子⑧，有一种落花流水之趣，令人可爱。非杜亚于李，不过妾之私心宗杜心浅，爱李心深。"余笑曰："初不料陈淑珍乃李青莲知己。"芸曰："妾尚有启蒙师白乐天⑨先生，时感于怀，未尝稍释。"余曰："何谓也？"芸曰："彼非作

---

① 昌黎：唐代文学家韩愈。
② 柳州：唐代文学家柳宗元，因其官终柳州，亦被称为"柳柳州"。
③ 庐陵：宋代文学家欧阳修，吉州永丰（今江西省吉安市永丰县）人，因吉州原属庐陵郡，以"庐陵欧阳修"自居。
④ 三苏：即苏洵、苏轼、苏辙父子三人。
⑤ 贾董：即指西汉文学家贾谊及儒学家董仲舒。
⑥ 庾徐：南朝文学家庾信、徐陵，善写骈体文。
⑦ 陆贽：唐代政治家、文学家、政论家，尤长于制诰政论。所作奏议，多用排偶，条理精密，文笔流畅。
⑧ 姑射仙子：中国古代传说中的神话人物。《庄子·逍遥游》："藐姑射之山，有神人居焉，肌肤若冰雪，绰约若处子。"
⑨ 白乐天：唐代诗人白居易的字为乐天。

《琵琶行》者耶?"余笑曰:"异哉!李太白是知己,白乐天是启蒙师,余适字三白,为卿婿,卿与'白'字何其有缘耶?"芸笑曰:"白字有缘,将来恐白字连篇耳(吴音呼别字为白字)。"相与大笑。余曰:"卿既知诗,亦当知赋之弃取。"芸曰:"《楚辞》为赋之祖,妾学浅费解。就汉晋人中调高语炼,似觉相如①为最。"余戏曰:"当日文君之从长卿②,或不在琴而在此乎?"复相与大笑而罢。

余性爽直,落拓不羁;芸若腐儒,迂拘多礼。偶为披衣整袖,必连声道"得罪";或递巾授扇,必起身来接。余始厌之,曰:"卿欲以礼缚我耶?《语》曰:'礼多必诈。'"芸两颊发赤,曰:"恭而有礼,何反言诈?"余曰:"恭敬在心,不在虚文。"芸曰:"至亲莫如父母,可内敬在心而外肆狂放耶?"余曰:"前言戏之耳。"芸曰:"世间反目多由戏起,后勿冤妾,令人郁死!"余乃挽之入怀,抚慰之,始解颜为笑。自此"岂敢""得罪"竟成语助词矣。鸿案相庄③廿有三年,年愈久而情愈密。家庭之内,或暗室相逢,窄途邂逅,必握手问曰:"何处去?"私心忒忒,如恐旁人见之者。实则同行并坐,初犹

---

① 相如:西汉文学家司马相如,字长卿。
② 文君之从长卿:相传西汉才女卓文君,因为司马相如琴声所感,两人相爱私奔。
③ 鸿案相庄:据《后汉书·逸民传·梁鸿》载:鸿家贫而有节操。妻孟光,有贤德。每食,光必对鸿举案齐眉,以示敬重,后因以"鸿案相庄"表示夫妻和好相敬。

避人,久则不以为意。芸或与人坐谈,见余至,必起立,偏挪其身,余就而并焉。彼此皆不觉其所以然者,始以为惭,继成不期然而然。独怪老年夫妇相视如仇者,不知何意?或曰:"非如是,焉得白头偕老哉?"斯言诚然欤?

是年七夕,芸设香烛瓜果,同拜天孙①于"我取轩"中。余镌"愿生生世世为夫妇"图章二方,余执朱文,芸执白文,以为往来书信之用。是夜月色颇佳,俯视河中,波光如练,轻罗小扇,并坐水窗,仰见飞云过天,变态万状。芸曰:"宇宙之大,同此一月,不知今日世间,亦有如我两人之情兴否?"余曰:"纳凉玩月,到处有之。若品论云霞,或求之幽闺绣闼,慧心默证者固亦不少。若夫妇同观,所品论者恐不在此云霞耳。"未几,烛烬月沉,撤果归卧。

七月望,俗谓之鬼节。芸备小酌,拟邀月畅饮。夜忽阴云如晦,芸愀然曰:"妾能与君白头偕老,月轮当出。"余亦索然。但见隔岸萤光,明灭万点,梳织于柳堤蓼渚间。余与芸联句以遣闷怀,而两韵之后,逾联逾纵,想入非夷,随口乱道。芸已漱涎涕泪,笑倒余怀,不能成声矣。觉其鬓边茉莉浓香扑鼻,因拍其背,以他词解之曰:"想古人以茉莉形色如珠,故供助妆压鬓,不知此花必沾油头粉面之气,其香更可爱,所供佛手当退三舍矣。"芸乃止笑曰:"佛手乃香中君子,只在有意

---

① 天孙:即织女星。

无意间；茉莉是香中小人，故须借人之势，其香也如胁肩谄笑。"余曰："卿何远君子而近小人？"芸曰："我笑君子爱小人耳。"正话间，漏已三滴，渐见风扫云开，一轮涌出，乃大喜，倚窗对酌。酒未三杯，忽闻桥下哄然一声，如有人堕。就窗细瞩，波明如镜，不见一物，惟闻河滩有只鸭急奔声。余知沧浪亭畔素有溺鬼，恐芸胆怯，未敢即言。芸曰："噫！此声也，胡为乎来哉？"不禁毛骨皆栗，急闭窗，携酒归房。一灯如豆，罗帐低垂，弓影杯蛇，惊神未定。剔灯入帐，芸已寒热大作。余亦继之，困顿两旬。真所谓乐极灾生，亦是白头不终之兆。

中秋日，余病初愈。以芸半年新妇，未尝一至间壁之沧浪亭，先令老仆约守者勿放闲人，于将晚时，偕芸及余幼妹，一妪一婢扶焉，老仆前导，过石桥，进门折东，曲径而入。叠石成山，林木葱翠，亭在土山之巅。循级至亭心，周望极目可数里，炊烟四起，晚霞灿然。隔岸名"近山林"，为大宪①行台宴集之地，时正谊书院犹未启也。携一毯设亭中，席地环坐，守者烹茶以进。少焉，一轮明月已上林梢，渐觉风生袖底，月到波心，俗虑尘怀，爽然顿释。芸曰："今日之游乐矣！若驾一叶扁舟，往来亭下，不更快哉！"时已上灯，忆及七月十五夜之惊，相扶下亭而归。吴俗，妇女是晚不拘大家小户皆出，结队而游，名曰"走月亮"。沧浪亭幽雅清旷，反无一人至者。

---

① 大宪：清代官员对总督或巡抚的称谓。

吾父稼夫公喜认义子，以故余异姓弟兄有二十六人。吾母亦有义女九人，九人中王二姑、俞六姑与芸最和好。王痴憨善饮，俞豪爽善谈。每集，必逐余居外，而得三女同榻，此俞六姑一人计也。余笑曰："俟妹于归后，我当邀妹丈来，一住必十日。"俞曰："我亦来此，与嫂同榻，不大妙耶？"芸与王微笑而已。

时为吾弟启堂娶妇，迁居饮马桥之米仓巷，屋虽宏畅，非复沧浪亭之幽雅矣。吾母诞辰演剧，芸初以为奇观。吾父素无忌讳，点演《惨别》等剧，老伶刻画，见者情动。余窥帘见芸忽起去，良久不出，入内探之，俞与王亦继至。见芸一人支颐独坐镜奁之侧，余曰："何不快乃尔？"芸曰："观剧原以陶情，今日之戏徒令人断肠耳。"俞与王皆笑之。王曰："此深于情者也。"俞曰："嫂将竟日独坐于此耶？"芸曰："俟有可观者再往耳。"王闻言先出，请吾母点《刺梁》《后索》等剧，劝芸出观，始称快。

余堂伯父素存公早亡，无后，吾父以余嗣焉。墓在西跨塘福寿山祖茔之侧，每年春日，必挈芸拜扫。王二姑闻其地有戈园之胜，请同往。芸见地下小乱石有苔纹，斑驳可观，指示余曰："以此叠盆山，较宣州白石为古致。"余曰："若此者恐难多得。"王曰："嫂果爱此，我为拾之。"即向守坟者借麻袋一，鹤步而拾之，每得一块，余曰"善"，即收之；余曰"否"，即去之。未几，粉汗盈盈，拽袋返曰："再拾则力不胜矣。"芸且拣且言曰:"我闻山果收获,必借猴力,果然。"王愤撮十指作哈痒状,余横阻之,责芸曰:"人劳汝逸,犹作此语,无怪妹之动愤也。"归途游戈园,稚绿娇红,争妍竞媚。王素憨,逢花必折,芸叱曰:"既无瓶养,又不簪戴,多折何为?"王曰:"不知痛痒者,何害?"余笑曰:"将来罚嫁麻面多须郎,为花泄忿。"王怒余以目,掷花于地,以莲钩拨入池中,曰:"何欺侮我之甚也!"芸笑解之而罢。

芸初缄默,喜听余议论。余调其言,如蟋蟀之用纤草,渐能发议。其每日饭必用茶泡,喜食芥卤乳腐,吴俗呼为"臭乳腐",又喜食虾卤瓜。此二物余生平所最恶者,因戏之曰:"狗无胃而食粪,以其不知臭秽;蜣螂团粪而化蝉,以其欲修高举也。卿其狗耶?蝉耶?"芸曰:"腐取其价廉而可粥可饭,幼时食惯。今至君家,已如蜣螂化蝉,犹喜食之者,不忘本也;至卤瓜之味,到此初尝耳。"余曰:"然则我家系狗窦耶?"芸窘而强解曰:"夫粪,人家皆有之,要在食与不食之别耳。然君喜食蒜,妾亦强啖之。腐不敢强,瓜可掩鼻略尝,入咽当知其美,此犹无盐①貌丑而德美也。"余笑曰:"卿陷我作狗耶?"芸曰:"妾作狗久矣,屈君试尝之。"以箸强塞余口。余掩鼻咀嚼之,似觉脆美,开鼻再嚼,竟成异味,从此亦喜食。芸以麻

---

① 无盐:原指战国时齐宣王的王后钟离春,貌丑而德馨,后用以比拟貌丑而有贤德的妇女。

油加白糖少许拌卤腐,亦鲜美。以卤瓜捣烂拌卤腐,名之曰"双鲜酱",有异味。余曰:"始恶而终好之,理之不可解也。"芸曰:"情之所钟,虽丑不嫌。"

余启堂弟妇,王虚舟先生孙女也,催妆①时偶缺珠花。芸出其纳采所受者呈吾母,婢妪旁惜之,芸曰:"凡为妇人,已属纯阴,珠乃纯阴之精,用为首饰,阳气全克矣,何贵焉?"而于破书残画反极珍惜。书之残缺不全者,必搜集分门,汇订成帙,统名之曰"断简残编";字画之破损者,必觅故纸粘补成幅,有破缺处,倩余全好而卷之,名曰"弃余集赏"。于女红中馈之暇,终日琐琐,不惮烦倦。芸于破笥烂卷中,偶获片纸可观者,如得异宝,旧邻冯妪每收乱卷卖之。其癖好与余同,且能察眼意,懂眉语,一举一动,示之以色,无不头头是道。余尝曰:"惜卿雌而伏,苟能化女为男,相与访名山,搜胜迹,遨游天下,不亦快哉!"芸曰:"此何难,俟妾鬓斑之后,虽不能远游五岳,而近地之虎阜、灵岩,南至西湖,北至平山,尽可偕游。"余曰:"恐卿鬓斑之日,步履已艰。"芸曰:"今世不能,期以来世。"余曰:"来世卿当作男,我为女子相从。"芸曰:"必得不昧今生,方觉有情趣。"余笑曰:"幼时一粥犹谈不了,若来世不昧今生,合卺之夕,细谈隔世,更无合

---

① 催妆:旧俗新妇出嫁,必多次催促,始梳妆启行。或谓此为古代掠夺婚姻的遗迹。

眼时矣。"芸曰:"世传月下老人专司人间婚姻事,今生夫妇已承牵合,来世姻缘亦须仰借神力,盍绘一像祀之?"

时有苕溪①戚柳堤名遵,善写人物。倩绘一像:一手挽红丝,一手携杖悬姻缘簿,童颜鹤发,奔驰于非烟非雾中。此戚君得意笔也。友人石琢堂为题赞语于首,悬之内室。每逢朔望,余夫妇必焚香拜祷。后因家庭多故,此画竟失所在,不知落在谁家矣。"他生未卜此生休",两人痴情,果邀神鉴耶?

迁仓米巷,余颜其卧楼曰"宾香阁",盖以芸名而取如宾意也。院窄墙高,一无可取。后有厢楼,通藏书处,开窗对陆氏废园,但有荒凉之象。沧浪风景,时切芸怀。

有老妪居金母桥之东,埂巷之北,绕屋皆菜圃,编篱为门,门外有池约亩许,花光树影,错杂篱边,其地即元末张士诚王府废基也。屋西数武②,瓦砾堆成土山,登其巅可远眺,地旷人稀,颇饶野趣。妪偶言及,芸神往不置,谓余曰:"自别沧浪,梦魂常绕,今不得已而思其次,其老妪之居乎?"余曰:"连朝秋暑灼人,正思得一清凉地以消长昼,卿若愿往,我先观其家可居,即袱被而往,作一月盘桓,何如?"芸曰:"恐堂上不许。"余曰:"我自请之。"越日至其地,屋仅二间,

---

① 苕溪:水名,有二源,出浙江天目山之南者为东苕,之北者为西苕,两溪合流,由小梅、大浅两湖口注入太湖,夹岸多苕,秋后花飘水上如飞雪,故名。

② 武:这里指距离的单位,一武为半步。

前后隔而为四,纸窗竹榻,颇有幽趣。老妪知余意,欣然出其卧室为赁,四壁糊以白纸,顿觉改观。于是禀知吾母,挈芸居焉。

邻仅老夫妇二人,灌园为业,知余夫妇避暑于此,先来通殷勤,并钓池鱼、摘园蔬为馈,偿其价,不受;芸作鞋报之,始谢而受。时方七月,绿树阴浓,水面风来,蝉鸣聒耳。邻老又为制鱼竿,与芸垂钓于柳阴深处。日落时登土山观晚霞夕照,随意联吟,有"兽云吞落日,弓月弹流星"之句。少焉,月印池中,虫声四起,设竹榻于篱下。老妪报酒温饭熟,遂就月光对酌,微醺而饭。浴罢则凉鞋蕉扇,或坐或卧,听邻老谈因果报应事。三鼓归卧,周体清凉,几不知身居城市矣。

篱边倩邻老购菊,遍植之。九月花开,又与芸居十日。吾母亦欣然来观,持螯对菊,赏玩竟日。芸喜曰:"他年当与君卜筑①于此,买绕屋菜园十亩,课仆妪,植瓜蔬,以供薪水。君画我绣,以为诗酒之需。布衣菜饭,可乐终身,不必作远游计也。"余深然之。今即得有境地,而知己沦亡,可胜浩叹!

离余家半里许,醋库巷有洞庭君祠,俗呼水仙庙。回廊曲折,小有园亭,每逢神诞,众姓各认一落,密悬一式之玻璃灯,中设宝座,旁列瓶几,插花陈设,以较胜负。日惟演戏,夜则参差高下,插烛于瓶花间,名曰"花照"。花光灯影,宝

---

① 卜筑:择地建筑住宅,急定居之意。

鼎香浮，若龙宫夜宴。司事者或笙箫歌唱，或煮茗清谈，观者如蚁集，檐下皆设栏为限。余为众友邀去，插花布置，因得躬逢其盛。归家向芸艳称之。芸曰："惜妾非男子，不能往。"余曰："冠我冠，衣我衣，亦化女为男之法也。"于是易髻为辫，添扫蛾眉；加余冠，微露两鬓，尚可掩饰；服余衣，长一寸又半；于腰间折而缝之，外加马褂。芸曰："脚下将奈何？"余曰："坊间有蝴蝶履，大小由之，购亦极易，且早晚可代撒鞋之用，不亦善乎？"芸欣然。及晚餐后，装束既毕，效男子拱手阔步者良久，忽变卦曰："妾不去矣，为人识出既不便，堂上闻之又不可。"余怂恿曰："庙中司事者谁不知我，即识出亦不过付之一笑耳。吾母现在九妹丈家，密去密来，焉得知之。"芸揽镜自照，狂笑不已。余强挽之，悄然径去，遍游庙中，无识出为女子者。或问何人，以表弟对，拱手而已。最后至一处，有少妇幼女坐于所设宝座后，乃杨姓司事者之眷属也。芸忽趋彼通款曲①，身一侧，而不觉一按少妇之肩。旁有婢媪怒而起曰："何物狂生，不法乃尔！"余试为措词掩饰，芸见势恶，即脱帽翘足示之曰："我亦女子耳。"相与愕然，转怒为欢。留茶点，唤肩舆送归。

吴江②钱师竹病故，吾父信归，命余往吊。芸私谓余曰：

---

① 通款曲：搭话。
② 吴江：旧县名，今属江苏省。

"吴江必经太湖,妾欲偕往,一宽眼界。"余曰:"正虑独行踽踽,得卿同行,固妙,但无可托词耳。"芸曰:"托言归宁。君先登舟,妾当继至。"余曰:"若然,归途当泊舟万年桥下,与卿待月乘凉,以续沧浪韵事。"时六月十八日也。是日早凉,携一仆先至胥江渡口,登舟而待,芸果肩舆至。解维①出虎啸桥,渐见风帆沙鸟,水天一色。芸曰:"此即所谓太湖耶?今得见天地之宽,不虚此生矣!想闺中人有终身中能见此者!"闲话未几,风摇岸柳,已抵江城。

余登岸拜奠毕,归视舟中洞然,急询舟子。舟子指曰:"不见长桥柳阴下,观鱼鹰捕鱼者乎?"盖芸已与船家女登岸矣。余至其后,芸犹粉汗盈盈,倚女而出神焉。余拍其肩曰:"罗衫汗透矣!"芸回首曰:"恐钱家有人到舟,故暂避之。君何回来之速也?"余笑曰:"欲捕逃耳。"于是相挽登舟。返棹至万年桥下,阳乌犹未落山。舟窗尽落,清风徐来,纨扇罗衫,剖瓜解暑。少焉,霞映桥红,烟笼柳暗,银蟾欲上,渔火满江矣。命仆至船梢与舟子同饮。船家女名素云,与余有杯酒交,人颇不俗,招之与芸同坐。船头不张灯火,待月快酌,射覆为令。素云双目闪闪,听良久,曰:"觞政侬颇娴习,从未闻有斯令,愿受教。"芸即譬其言而开导之,终茫然。余笑曰:"女先生且罢论,我有一言作譬,即了然矣。"芸曰:"君若何

---

① 解维:解开绳索,即开船。

18

譬之?"余曰:"鹤善舞而不能耕,牛善耕而不能舞,物性然也。先生欲反而教之,无乃劳乎?"素云笑捶余肩曰:"汝骂我耶!"芸出令曰:"只许动口,不许动手。违者罚大觥。"素云量豪,满斟一觥,一吸而尽。余曰:"动手但准摸索,不准捶人。"芸笑挽素云置余怀,曰:"请君摸索畅怀。"余笑曰:"卿非解人,摸索在有意无意间耳,拥而狂探,田舍郎之所为也。"时四鬓所簪茉莉,为酒气所蒸,杂以粉汗油香,芳馨透鼻。余戏曰:"小人臭味充满船头,令人作恶。"素云不禁握拳连捶曰:"谁教汝狂嗅耶?"芸呼曰:"违令,罚两大觥!"素云曰:"彼又以小人骂我,不应捶耶?"芸曰:"彼之所谓小人,益有故也。请干此,当告汝。"素云乃连尽两觥,芸乃告以沧浪旧居乘凉事。素云曰:"若然,真错怪矣,当当再罚。"又干一觥。芸曰:"久闻素娘善歌,可一聆妙音否?"素即以象箸击小碟而歌。芸欣然畅饮,不觉酩酊,乃乘舆先归。余又与素云茶话片刻,步月而回。时余寄居友人鲁半舫家萧爽楼中。越数日,鲁夫人误有所闻,私告芸曰:"前日闻若婿挟两妓饮于万年桥舟中,子知之否?"芸曰:"有之,其一即我也。"因以偕游始末详告之,鲁大笑,释然而去。

乾隆甲寅七月,余自粤东归。有同伴携妾回者,曰徐秀峰,余之表妹婿也。艳称新人之美,邀芸往观。芸他日谓秀峰曰:"美则美矣,韵犹未也。"秀峰曰:"然则若郎纳妾,必美而韵者乎?"芸曰:"然。"从此痴心物色,而短于资。时有浙妓温冷香者,寓于吴,有咏柳絮四律,沸传吴下,好事者多和之。余友吴江张闲憨素赏冷香,携柳絮诗索和。芸微其人而置之,余技痒而和其韵,中有"触我春愁偏婉转,撩他离绪更缠绵"之句,芸甚击节。

明年乙卯秋八月五日,吾母将挈芸游虎丘,闲憨忽至曰:"余亦有虎丘之游,今日特邀君作探花使者。"因请吾母先行,期于虎丘半塘相晤。拉余至冷香寓,见冷香已半老;有女名憨园,瓜期未破,亭亭玉立,真"一泓秋水照人寒"者也。款接间,颇知文墨;有妹文园,尚雏。余此时初无痴想,且念一杯之叙,非寒士所能酬,而既入个中,私心忐忑,强为酬答。因私谓闲憨曰:"余贫士也,子以尤物玩我乎?"闲憨笑曰:"非也,今日有友人邀憨园答我,席主为尊客拉去,我代客转邀客,毋烦他虑也。"余始释然。至半塘,两舟相遇,令憨园过舟叩见吾母。芸、憨相见,欢同旧识,携手登山,备览名胜。芸独爱千顷云高旷,坐赏良久。返至野芳滨,畅饮甚欢,并舟而泊。及解维,芸谓余曰:"子陪张君,留憨陪妾可乎?"余诺之。返棹至都亭桥,始过船分袂。归家已三鼓,芸曰:"今日得见美而韵者矣,顷已约憨园,明日过我,当为子图之。"余骇曰:"此非金屋不能贮,穷措大岂敢生此妄想哉?况我两人伉俪正笃,何必外求?"芸笑曰:"我自爱之,子姑待之。"

明午,憨果至。芸殷勤款接,筵中以猜枚(赢吟输饮)为令,终席无一罗致语。及憨园归,芸曰:"顷又与密约,十八日来此结为姊妹,子宜备牲牢以待。"笑指臂上翡翠钏曰:"若见此钏属于憨,事必谐矣。顷已吐意,未深结其心也。"余姑听之。十八日大雨,憨竟冒雨至。入室良久,始挽手出,见余有羞色,盖翡翠钏已在憨臂矣。焚香结盟后,拟再续前饮,适憨有石湖之游,即别去。芸欣然告余曰:"丽人已得,君何以谢媒耶?"余询其详,芸曰:"向之秘言,恐憨意另有所属也。顷探之无他,语之曰:'妹知今日之意否?'憨曰:'蒙夫人抬举,真蓬蒿倚玉树也。但吾母望我奢,恐难自主耳,愿彼此缓图。'脱钏上臂时,又语之曰:'玉取其坚,且有团圞不断之意,妹试笼之,以为先兆。'憨曰:'聚合之权总在夫人也。'即此观之,憨心已得,所难必者冷香耳,当再图之。"余笑曰:"卿将效笠翁之《怜香伴》① 耶?"芸曰:"然。"自此无日不谈憨园矣。

后憨为有力者夺去,不果。芸竟以之死。

---

① 笠翁之《怜香伴》:《怜香伴》又名《美人香》。清代戏曲家李渔于1651年写的第一部传奇集《笠翁十种曲》其中一篇,讲述了崔笺云与曹语花两名女子以诗文相会,互生倾慕,两人想方设法争取长相厮守的故事。

浮生六记卷二

闲情记趣

余忆童稚时,能张目对日,明察秋毫。见藐小微物,必细察其纹理,故时有物外①之趣。夏蚊成雷,私拟作群鹤舞空,心之所向,则或千或百果然鹤也。昂首观之,项为之强②。又留蚊于素帐中,徐喷以烟,使其冲烟飞鸣,作青云白鹤观,果如鹤唳云端,怡然称快。于土墙凹凸处,花台小草丛杂处,常蹲其身,使与台齐,定神细视,以丛草为林,以虫蚁为兽,以土砾凸者为丘,凹者为壑,神游其中,怡然自得。一日,见二虫斗草间,观之正浓,忽有庞然大物拔山倒树而来,盖一癞虾蟆也,舌一吐而二虫尽为所吞。余年幼,方出神,不觉呀然惊

---

① 物外:世外,谓超脱于尘世之外。
② 项为之强:脖子因仰视过久局僵硬。

恐,神定,捉虾蟆,鞭数十,驱之别院。年长思之,二虫之斗,盖图奸不从也。古语云"奸近杀",虫亦然耶?贪此生涯,卵为蚯蚓所哈(吴俗呼阳曰卵),肿不能便,捉鸭开口哈之,婢妪偶释手,鸭颠其颈作吞噬状,惊而大哭,传为语柄。此皆幼时闲情也。

及长,爱花成癖,喜剪盆树。识张兰坡,始精剪枝养节之法,继悟接花叠石之法。花以兰为最,取其幽香韵致也,而瓣品之稍堪入谱者不可多得。兰坡临终时,赠余荷瓣素心春兰一盆,皆肩平心阔,茎细瓣净,可以入谱者,余珍如拱璧①。值余幕游于外,芸能亲为灌溉,花叶颇茂。不二年,一旦忽萎死,起根视之,皆白如玉,且兰芽勃然。初不可解,以为无福消受,浩叹而已。事后始悉有人欲分不允,故用滚汤灌杀也。从此誓不植兰。次取杜鹃,虽无香而色可久玩,且易剪裁。以芸惜枝怜叶,不忍畅剪,故难成树。其他盆玩皆然。

惟每年篱东菊绽,秋兴成癖。喜摘插瓶,不爱盆玩。非盆玩不足观,以家无园圃,不能自植,货于市者,俱丛杂无致,故不取耳。其插花朵,数宜单,不宜双,每瓶取一种不取二色,瓶口取阔大不取窄小,阔大者舒展不拘。自五七花至三四十花,必于瓶口中一丛怒起,以不散漫、不挤轧、不靠瓶口为妙,所谓"起把宜紧"也。或亭亭玉立,或飞舞横斜。花取参

---

① 拱璧:双手可合抱的美玉,这里泛指非常珍贵的事物。

差，间以花蕊，以免飞钹耍盘之病。叶取不乱，梗取不强。用针宜藏，针长宁断之，毋令针针露梗，所谓"瓶口宜清"也。视桌之大小，一桌三瓶至七瓶而止，多则眉目不分，即同市井之菊屏矣。几之高低，自三四寸至二尺五六寸而止，必须参差高下互相照应，以气势联络为上。若中高两低，后高前低，成排对列，又犯俗所谓"锦灰堆"矣。或密或疏，或进或出，全在会心者得画意乃可。

若盆碗盘洗，用漂青、松香、榆皮、面和油，先熬以稻灰，收成胶，以铜片按钉向上，将膏火化，粘铜片于盘碗盆洗中。俟冷，将花用铁丝扎把，插于钉上，宜偏斜取势，不可居中，更宜枝疏叶清，不可拥挤。然后加水，用碗沙少许掩铜片，使观者疑丛花生于碗底方妙。

若以木本花果插瓶，剪裁之法（不能色色自觅，倩人攀折者每不合意），必先执在手中，横斜以观其势，反侧以取其态。相定之后，剪去杂枝，以疏瘦古怪为佳。再思其梗如何入瓶，或折或曲，插入瓶口，方免背叶侧花之患。若一枝到手，先拘定其梗之直者插瓶中，势必枝乱梗强，花侧叶背，既难取态，更无韵致矣。折梗打曲之法，锯其梗之半而嵌以砖石，则直者曲矣。如患梗倒，敲一二钉以筦①之。即枫叶竹枝，乱草荆棘，均堪入选。或绿竹一竿配以枸杞数粒，几茎细草伴以荆棘

---

① 筦（guàn）：同"管"。

两枝,苟位置得宜,另有世外之趣。若新栽花木,不妨歪斜取势,听其叶侧,一年后枝叶自能向上,如树树直栽,即难取势矣。

至剪裁盆树,先取根露鸡爪者,左右剪成三节,然后起枝。一枝一节,七枝到顶,或九枝到顶。枝忌对节如肩臂,节忌臃肿如鹤膝;须盘旋出枝,不可光留左右,以避赤胸露背之病;又不可前后直出。有名双起三起者,一根而起两三树也。如根无爪形,便成插树,故不取。然一树剪成,至少得三四十年。余生平仅见吾乡万翁名彩章者,一生剪成数树。又在扬州商家见有虞山游客携送黄杨翠柏各一盆,惜乎明珠暗投,余未见其可也。若留枝盘如宝塔,扎枝曲如蚯蚓者,便成匠气矣。

点缀盆中花石,小景可以入画,大景可以入神。一瓯清茗,神能趋入其中,方可供幽斋之玩。种水仙无灵璧石,余尝以炭之有石意者代之。黄芽菜心,其白如玉,取大小五七枝,用沙土植长方盘内,以炭代石,黑白分明,颇有意思。以此类推,幽趣无穷,难以枚举。如石菖蒲结子,用冷米汤同嚼喷炭上,置阴湿地,能长细菖蒲,随意移养盆碗中,茸茸可爱。以老莲子磨薄两头,入蛋壳使鸡翼之,俟雏成取出,用久年燕巢泥加天门冬十分之二,捣烂拌匀,植于小器中,灌以河水,晒以朝阳,花发大如酒杯,叶缩如碗口,亭亭可爱。

若夫园亭楼阁,套室回廊,叠石成山,栽花取势,又在大中见小,小中见大,虚中有实,实中有虚,或藏或露,或浅或深。不仅在周回曲折四字，又不在地广石多徒烦工费。或掘地堆土成山，间以块石，杂以花草，篱用梅编，墙以藤引，则无山而成山矣。大中见小者，散漫处植易长之竹，编易茂之梅以屏之。小中见大者，窄院之墙宜凹凸其形，饰以绿色，引以藤蔓，嵌大石，凿字作碑记形。推窗如临石壁，便觉峻峭无穷。虚中有实者，或山穷水尽处，一折而豁然开朗；或轩阁设厨处，一开而通别院。实中有虚者，开门于不通之院，映以竹石，如有实无也；设矮栏于墙头，如上有月台而实虚也。

贫士屋少人多，当仿吾乡太平船后梢之位置，再加转移。其间台级为床，前后借凑，可作三榻，间以板而裱以纸，则前后上下皆越绝①，譬之如行长路，即不觉其窄矣。余夫妇乔寓扬州时，曾仿此法。屋仅两椽②，上下卧室、厨灶、客座皆越绝而绰然有余。芸曾笑曰："位置虽精，终非富贵家气象也。"是诚然欤？

余扫墓山中，捡有峦纹可观之石，归与芸商曰："用油灰叠宣州石于白石盆，取色匀也。本山黄石虽古朴，亦用油灰，则黄白相阅，凿痕毕露，将奈何？"芸曰："择石之顽劣者，捣末于灰痕处，乘湿掺之，干或色同也。"乃如其言，用宜兴窑长方盆叠起一峰：偏于左而凸于右，背作横方纹，如云林石

---

① 越绝：犹隔绝。
② 椽（chuán）：指房屋的间数。

法，巉岩凹凸，若临江石砚状；虚一角，用河泥种千瓣白萍；石上植茑萝，俗呼云松。经营数日乃成。至深秋，茑萝蔓延满山，如藤萝之悬石壁，花开正红色，白萍亦透水大放，红白相间。神游其中，如登蓬岛。置之檐下与芸品题：此处宜设水阁，此处宜立茅亭，此处宜凿六字曰"落花流水之间"，此可以居，此可以钓，此可以眺。胸中丘壑，若将移居者然。一夕，猫奴争食，自檐而堕，连盆与架顷刻碎之。余叹曰："即此小经营，尚干造物忌耶！"两人不禁泪落。

　　静室焚香，闲中雅趣。芸尝以沉速等香，于饭镬蒸透，在炉上设一铜丝架，离火半寸许，徐徐烘之，其香幽韵而无烟。佛手忌醉鼻嗅，嗅则易烂；木瓜忌出汗，汗出，用水洗之；惟香圆①无忌。佛手、木瓜亦有供法，不能笔宣。每有人将供妥者随手取嗅，随手置之，即不知供法者也。

　　余闲居，案头瓶花不绝。芸曰："子之插花，能备风晴雨露，可谓精妙入神。而画中有草虫一法，盍仿而效之？"余曰："虫踯躅不受制，焉能仿效？"芸曰："有一法，恐作俑②罪过耳。"余曰："试言之。"曰："虫死色不变，觅螳螂蝉蝶之属，以针刺死，用细丝扣虫项系花草间，整其足，或抱梗，或踏

---

① 香圆：即香橼，常绿小乔木或大灌木，果实长圆形，黄色，果皮粗而厚，供观赏。

② 作俑：《孟子·梁惠王上》："仲尼曰：'始作俑者，其无后乎！'"本为制作用于殉葬的人偶，后因称创始、首开先例为"作俑"，多为贬义。

叶，宛然如生，不亦善乎？"余喜，如其法行之，见者无不称绝。求之闺中，今恐未必有此会心者矣。

余与芸寄居锡山华氏，时华夫人以两女从芸识字。乡居院旷，夏日逼人，芸教其家，作活花屏法甚妙。每屏一扇，用木梢二枝，约长四五寸，作矮条凳式，虚其中，横四挡，宽一尺许，四角凿圆眼，插竹编方眼，屏约高六七尺，用砂盆种扁豆置屏中，盘延屏上，两人可移动。多编数屏，随意遮拦，恍如绿阴满窗，透风蔽日，纡回曲折，随时可更，故曰活花屏。有此一法，即一切藤本香草随地可用。此真乡居之良法也。

友人鲁半舫名璋，字春山，善写松柏及梅菊，工隶书，兼工铁笔。余寄居其家之萧爽楼一年有半。楼共五椽，东向，余后其三，晦明风雨，可以远眺。庭中有木犀一株，清香撩人。有廊有厢，地极幽静。移居时，有一仆一妪，并挈其小女来。仆能成衣，妪能纺绩，于是芸绣，妪绩，仆则成衣，以供薪水。余素爱客，小酌必行令。芸善不费之烹庖，瓜蔬鱼虾，一经芸手，便有意外味。同人知余贫，每出杖头钱①，作竟日叙。余又好洁，地无纤尘，且无拘束，不嫌放纵。时有杨补凡名昌绪，善人物写真；袁少迂名沛，工山水；王星澜名岩，工花卉翎毛，爱萧爽楼幽雅，皆携画具来。余则从之学画，写草

---

① 杖头钱：指买酒钱。语出自《世说新语·笺疏》下卷上《任诞》：阮宣子常步行，以百钱挂杖头，至酒店，便独酣畅。虽当世贵盛，不肯诣也。

篆,镌图章,加以润笔,交芸备茶酒供客,终日品诗论画而已。更有夏淡安、揖山两昆季,并缪山音、知白两昆季,及蒋韵香、陆橘香、周啸霞、郭小愚、华杏帆、张闲酣诸君子,如梁上之燕,自去自来。芸则拔钗沽酒,不动声色,良辰美景,不放轻越。今则天各一方,风流云散,兼之玉碎香埋,不堪回首矣!

萧爽楼有四忌:谈官宦升迁,公廨时事,八股时文,看牌掷色,有犯必罚酒五斤。有四取:慷慨豪爽,风流蕴藉,落拓不羁,澄静缄默。长夏无事,考对为会,每会八人,每人各携青蚨①二百。先拈阄,得第一者为主考,关防②别座;第二者为誊录,亦就座;余作举子,各于誊录处取纸一条,盖用印章。主考出五七言各一句,刻香为限,行立构思,不准交头私语。对就后投入一匣,方许就座。各人交卷毕,誊录启匣,并录一册,转呈主考,以杜徇私。十六对中取七言三联,五言三联。六联中取第一者即为后任主考,第二者为誊录,每人有两联不取者罚钱二十文,取一联者免罚十文,过限者倍罚。一场,主考得香钱百文。一日可十场,积钱千文,酒资大畅矣。

---

① 青蚨:虫名。传说青蚨生子,母与子分离后必会仍聚回一处,人用青蚨母子血各涂在钱上,涂母血的钱或涂子血的钱用出后必会飞回,所以有"青蚨还钱"之说。因以"青蚨"称钱。

② 关防:防范,此处有监督意。

惟芸议为官卷①，准坐而构思。

　　杨补凡为余夫妇写载花小影，神情确肖。是夜月色颇佳，兰影上粉墙，别有幽致，星澜醉后兴发曰："补凡能为君写真，我能为花图影。"余笑曰："花影能如人影否？"星澜取素纸铺于墙，即就兰影，用墨浓淡图之。日间取视，虽不成画，而花叶萧疏，自有月下之趣。芸宝之，各有题咏。

　　苏城有南园、北园二处，菜花黄时，苦无酒家小饮。携盒而往，对花冷饮，殊无意味。或议就近觅饮者，或议看花归饮者，终不如对花热饮为快。众议未定。芸笑曰："明日但各出杖头钱，我自担炉火来。"众笑曰："诺。"众去，余问曰："卿果自往乎？"芸曰："非也，妾见市中卖馄饨者，其担锅灶无不备，盍雇之而往？妾先烹调端整，到彼处再一下锅，茶酒两便。"余曰："酒菜固便矣，茶乏烹具。"芸曰："携一砂罐去，以铁叉串罐柄，去其锅，悬于行灶中，加柴火煎茶，不亦便乎？"余鼓掌称善。街头有鲍姓者，卖馄饨为业，以百钱雇其担，约以明日午后，鲍欣然允议。明日看花者至，余告以故，众咸叹服。饭后同往，并带席垫至南园，择柳阴下团坐。先烹茗，饮毕，然后暖酒烹肴。是时风和日丽，遍地黄金，青衫红袖，越阡度陌，蝶蜂乱飞，令人不饮自醉。既而酒肴俱熟，坐地大嚼，担者颇不俗，拉与同饮。游人见之莫不羡为奇想。杯

---

① 官卷：受到特殊待遇的考生。

盘狼藉，各已陶然，或坐或卧，或歌或啸。红日将颓，余思粥，担者即为买米煮之，果腹而归。芸问曰："今日之游乐乎？"众曰："非夫人之力不及此。"大笑而散。

贫士起居服食以及器皿房舍，宜省俭而雅洁，省俭之法曰"就事论事"。余爱小饮，不喜多菜。芸为置一梅花盒，用二寸白磁深碟六只，中置一只，外置五只，用灰漆就，其形如梅花，底盖均起凹楞，盖之上有柄如花蒂。置之案头，如一朵墨梅覆桌；启盏视之，如菜装于花瓣中，一盒六色，二三知己，可以随意取食，食完再添。另做矮边圆盘一只，以便放杯箸酒壶之类，随处可摆，移掇亦便。即食物省俭之一端也。余之小帽领袜皆芸自做，衣之破者移东补西，必整必洁，色取暗淡以免垢迹，既可出客，又可家常。此又服饰省俭之一端也。初至萧爽楼中，嫌其暗，以白纸糊壁，遂亮。夏月楼下去窗，无栏干，觉空洞无遮拦。芸曰："有旧竹帘在，何不以帘代栏？"余曰："如何？"芸曰："用竹数根，黝黑色，一竖一横，留出走路，截半帘搭在横竹上，垂至地，高与桌齐，中竖短竹四根，用麻线扎定，然后于横竹搭帘处，寻旧黑布条，连横竹裹缝之。偶可遮拦饰观，又不费钱。"此"就事论事"之一法也。以此推之，古人所谓竹头木屑皆有用，良有以也。夏月荷花初开时，晚含而晓放，芸用小纱囊撮条叶少许，置花心。明早取出，烹天泉水泡之，香韵尤绝。

浮生六记卷三

坎坷记愁

人生坎坷何为乎来哉？往往皆自作孽耳，余则非也，多情重诺，爽直不羁，转因之为累。况吾父稼夫公，慷慨豪侠，急人之难，成人之事，嫁人之女，抚人之儿，指不胜屈，挥金如土，多为他人。余夫妇居家，偶有需用，不免典质。始则移东补西，继则左支右绌。谚云："处家人情，非钱不行。"先起小人之议，渐招同室之讥。"女子无才便是德"，真千古至言也！

余虽居长而行三，故上下呼芸为"三娘"，后忽呼为"三太太"。始而戏呼，继成习惯，甚至尊卑长幼，皆以"三太太"呼之。此家庭之变机欤？

乾隆乙巳，随侍吾父于海宁官舍。芸于吾家书中附寄小函，吾父曰："媳妇既能笔墨，汝母家信付彼司之。"后家庭偶有闲言，吾母疑其述事不当，乃不令代笔。吾父见信非芸手笔，询余曰："汝妇病耶？"余即作札问之，亦不答。久之，吾父怒曰："想汝妇不屑代笔耳！"迨余归，探知委曲，欲为婉剖。芸急止之曰："宁受责于翁，勿失欢于姑也。"竟不自白。

庚戌之春，予又随侍吾父于邗江幕中，有同事俞孚亭者，挈眷居焉。吾父谓孚亭曰："一生辛苦，常在客中，欲觅一起居服役之人而不可得。儿辈果能仰体亲意，当于家乡觅一人来，庶语音相合。"孚亭转述于余，密札致芸，倩媒物色，得姚氏女。芸以成否未定，未即禀知吾母。其来也，托言邻女为嬉游者，及吾父命余接取至署，芸又听旁人意见，托言吾父素所合意者。吾母见之曰："此邻女之嬉游者也，何娶之乎？"芸遂并失爱于姑矣。

壬子春，余馆真州。吾父病于邗江，余往省，亦病焉。余弟启堂时亦随侍。芸来书曰："启堂弟曾向邻妇借贷，倩芸作保，现追索甚急。"余询启堂，启堂转以嫂氏为多事。余遂批纸尾曰："父子皆病，无钱可偿，俟启弟归时，自行打算可也。"未几病皆愈，余仍往真州。芸覆书来，吾父拆视之，中述启弟邻项事，且云："令堂以老人之病，皆由姚姬而起。翁病稍痊，宜密嘱姚托言思家，妾当令其家父母到扬接取。实彼此卸责之计也。"吾父见书怒甚，询启堂以邻项事，答言不知。遂札饬余曰："汝妇背夫借债，谗谤小叔，且称姑曰令堂，翁曰老人，悖谬之甚！我已专人持札回苏斥逐，汝若稍有人心，亦当知过！"余接此札，如闻青天霹雳，即肃书认罪，觅骑遄

33

归，恐芸之短见也。到家述其本末，而家人乃持逐书至，历斥多过，言甚决绝。芸泣曰："妾固不合妄言，但阿翁当恕妇女无知耳。"越数日，吾父又有手谕至，曰："我不为已甚，汝携妇别居，勿使我见，免我生气足矣。"乃寄芸于外家。而芸以母亡弟出，不愿往依族中。幸友人鲁半舫闻而怜之，招余夫妇往居其家萧爽楼。

越两载，吾父渐知始末。适余自岭南归，吾父自至萧爽楼谓芸曰："前事我已尽知，汝盍归乎？"余夫妇欣然，仍归故宅，骨肉重圆。岂料又有憨园之孽障耶！

芸素有血疾，以其弟克昌出亡不返，母金氏复念子病没，悲伤过甚所致。自识憨园，年余未发，余方幸其得良药。而憨为有力者夺去，以千金作聘，且许养其母。佳人已属沙叱利①矣！余知之而未敢言也。及芸往探始知之，归而呜咽，谓余曰："初不料憨之薄情乃尔也！"余曰："卿自情痴耳，此中人何情之有哉？况锦衣玉食者，未必能安于荆钗布裙也，与其后悔，莫若无成。"因抚慰之再三。而芸终以受愚为恨，血疾大发，床席支离，刀圭②无效，时发时止，骨瘦形销。不数年而

---

① 沙叱利：《太平广记》卷四八五引唐许尧佐《柳氏传》载有唐代蕃将沙叱利恃势劫占韩翊美姬柳氏的故事。后人因以"沙叱利"指霸占他人妻室或强娶民妇的权贵。

② 刀圭：古代指测量药剂量的量具，这里指医术。

逋负①日增，物议②日起。老亲又以盟妓一端，憎恶日甚。余则调停中立，已非生人之境矣。

芸生一女名青君，时年十四，颇知书，且极贤能，质钗典服，幸赖辛劳。子名逢森，时年十二，从师读书。余连年无馆，设一书画铺于家门之内，三日所进，不敷一日所出，焦劳困苦，竭蹶时形。隆冬无裘，挺身而过，青君亦衣中股栗，犹强曰"不寒"。因是芸誓不医药。偶能起床，适余有友人周春煦自福郡王幕中归，倩人绣《心经》一部，芸念绣经可以消灾降福，且利其绣价之丰，竟绣焉。而春煦行色匆匆，不能久待，十日告成，弱者骤劳，致增腰酸头晕之疾。岂知命薄者，佛亦不能发慈悲也！

绣经之后，芸病转增，唤水索汤，上下厌之。有西人赁屋于余画铺之左，放利债为业，时倩余作画，因识之。友人某向渠借五十金，乞余作保，余以情有难却，允焉。而某竟挟资远遁。西人惟保是问，时来饶舌，初以笔墨为抵，渐至无物可偿。岁底吾父家居，西人索债，咆哮于门。吾父闻之，召余诃责曰："我辈衣冠之家，何得负此小人之债！"正剖诉间，适芸有自幼同盟姊适锡山华氏，知其病，遣人问讯。堂上误以为憨园之使，因愈怒曰："汝妇不守闺训，结盟娼妓；汝亦不思习

---

① 逋（bū）负：拖欠赋税、债务。
② 物议：众人的议论。

上,滥伍小人。若置汝死地,情有不忍,姑宽三日限,速自为计,退必首汝逆矣!"芸闻而泣曰:"亲怒如此,皆我罪孽。妾死君行,君必不忍;妾留君去,君必不舍。姑密唤华家人来,我强起问之。"因令青君扶至房外,呼华使问曰:"汝主母特遣来耶?抑便道来耶?"曰:"主母久闻夫人卧病,本欲亲来探望,因从未登门,不敢造次,临行嘱咐,倘夫人不嫌乡居简亵,不妨到乡调养,践幼时灯下之言。"盖芸与同绣日,曾有疾病相扶之誓也。因嘱之曰:"烦汝速归,禀知主母,于两日后放舟密来。"其人既退,谓余曰:"华家盟姊情逾骨肉,君若肯至其家,不妨同行,但儿女携之同往既不便,留之累亲又不可,必于两日内安顿之。"

时余有表兄王荩臣一子名韫石,愿得青君为媳妇。芸曰:"闻王郎懦弱无能,不过守成之子,而王又无成可守。幸诗礼之家,且又独子,许之可也。"余谓荩臣曰:"吾父与君有渭阳①之谊,欲媳青君,谅无不允。但待长而嫁,势所不能。余夫妇往锡山后,君即禀知堂上,先为童媳,何如?"荩臣喜曰:"谨如命。"逢森亦托友人夏揖山转荐学贸易。

安顿已定,华舟适至,时庚申之腊二十五日也。芸曰:"孑然出门,不惟招邻里笑,且西人之项无著,恐亦不放,必

---

① 渭阳:《渭阳》出自《诗经·秦风》的一篇,是一首表达甥舅情谊的诗。后以渭阳指甥舅关系。

于明日五鼓悄然而去。"余曰:"卿病中能冒晓寒耶?"芸曰:"死生有命,无多虑也。"密禀吾父,亦以为然。是夜先将半肩行李挑下船,令逢森先卧。青君泣于母侧,芸嘱曰:"汝母命苦,兼亦情痴,故遭此颠沛,幸汝父待我厚,此去可无他虑。两三年内,必当布置重圆。汝至汝家须尽妇道,勿似汝母。汝之翁姑以得汝为幸,必善视汝。所留箱笼什物,尽付汝带去。汝弟年幼,故未令知。临行时托言就医,数日即归,俟我去远告知其故,禀闻祖父可也。"旁有旧妪,即前卷中曾赁其家消暑者,愿送至乡,故是时陪侍在侧,拭泪不已。将交五鼓,暖粥共啜之。芸强颜笑曰:"昔一粥而聚,今一粥而散,若作传奇,可名《吃粥记》矣。"逢森闻声亦起,呻曰:"母何为?"芸曰:"将出门就医耳。"逢森曰:"起何早?"曰:"路远耳。汝与姊相安在家,毋讨祖母嫌。我与汝父同往,数日即归。"鸡声三唱,芸含泪扶妪,启后门将出,逢森忽大哭曰:"噫,我母不归矣!"青君恐惊人,急掩其口而慰之。当是时,余两人寸肠已断,不能复作一语,但止以"勿哭"而已。青君闭门后,芸出巷十数步,已疲不能行,使妪提灯,余背负之而行。将至舟次,几为逻者①所执,幸老妪认芸为病女,余为婿,且得舟子皆华氏工人,闻声接应,相扶下船。解维后,芸始放声痛哭。是行也,其母子已成永诀矣!

---

① 逻者:巡逻的人。

华名大成,居无锡之东高山,面山而居,躬耕为业,人极朴诚。其妻夏氏,即芸之盟姊也。是日午未之交,始抵其家。华夫人已倚门而待,率两小女至舟,相见甚欢,扶芸登岸,款待殷勤。四邻妇人孺子哄然入室,将芸环视,有相问讯者,有相怜惜者,交头接耳,满室啾啾。芸谓华夫人曰:"今日真如渔父入桃源矣。"华曰:"妹莫笑,乡人少所见多所怪耳。"自此相安度岁。

至元宵,仅隔两旬而芸渐能起步。是夜观龙灯于打麦场中,神情态度渐可复元。余乃心安,与之私议曰:"我居此非计,欲他适而短于资,奈何?"芸曰:"妾亦筹之矣。君姊丈范惠来现于靖江盐公堂司会计,十年前曾借君十金,适数不敷①,妾典钗凑之,君忆之耶?"余曰:"忘之矣。"芸曰:"闻靖江去此不远,君盍一往?"余如其言。

时天颇暖,织绒袍哔叽短褂,犹觉其热,此辛酉正月十六日也。是夜宿锡山客旅,赁被而卧。晨起趁江阴航船,一路逆风,继以微雨。夜至江阴江口,春寒彻骨,沽酒御寒,囊为之磬。踌躇终夜,拟卸衬衣,质钱而渡。

十九日北风更烈,雪势犹浓,不禁惨然泪落,暗计房资渡费,不敢再饮。正心寒股栗间,忽见一老翁草鞋毡笠负黄包,入店,以目视余,似相识者。余曰:"翁非泰州曹姓耶?"答

---

① 不敷:不够。

曰:"然。我非公,死填沟壑矣!今小女无恙,时诵公德。不意今日相逢,何逗留于此?"盖余幕泰州时有曹姓,本微贱,一女有姿色,已许婿家,有势力者放债谋其女,致涉讼,余从中调护,仍归所许,曹即投入公门为隶,叩首作谢,故识之。余告以投亲遇雪之由。曹曰:"明日天晴,我当顺途相送。"出钱沽酒,备极款洽。

二十日晓钟初动,即闻江口唤渡声。余惊起,呼曹同济。曹曰:"勿急,宜饱食登舟。"乃代偿房饭钱,拉余出沽。余以连日逗留,急欲赶渡,食不下咽,强啖麻饼两枚。及登舟,江风如箭,四肢发战。曹曰:"闻江阴有人缢于靖,其妻雇是舟而往,必俟雇者来始渡耳。"枵腹①忍寒,午始解缆。至靖,暮烟四合矣。曹曰:"靖有公堂两处,所访者城内耶?城外耶?"余踉跄随其后,且行且对曰:"实不知其内外也。"曹曰:"然则且止宿,明日往访耳。"

进旅店,鞋袜已为泥淤湿透,索火烘之,草草饮食,疲极酣睡。晨起,袜烧其半,曹又代偿房饭钱。访至城中,惠来尚未起,闻余至,披衣出,见余状惊曰:"舅何狼狈至此?"余曰:"姑勿问,有银乞借二金,先遣送我者。"惠来以番饼二圆授余,即以赠曹。曹力却,受一圆而去。余乃历述所遭,并言

---

① 枵(xiāo)腹:饿着肚子。

来意。惠来曰："郎舅至戚，即无宿逋①，亦应竭尽绵力，无如航海盐船新被盗，正当盘账之时，不能挪移丰赠，当勉措番银二十圆以偿旧欠，何如？"余本无奢望，遂诺之。

留住两日，天已晴暖，即作归计。二十五日仍回华宅。芸曰："君遇雪乎？"余告以所苦。因惨然曰："雪时，妾以君为抵靖，乃尚逗留江口。幸遇曹老，绝处逢生，亦可谓吉人天相矣。"越数日，得青君信，知逢森已为揖山荐引入店，芝臣请命于吾父，择正月二十四日将伊接去。儿女之事粗能了了，但分离至此，令人终觉惨伤耳。

二月初，日暖风和，以靖江之项薄备行装，访故人胡肯堂于邗江盐署。有贡局众司事公延入局②，代司笔墨，身心稍定。至明年壬戌八月，接芸书曰："病体全瘳③，惟寄食于非亲非友之家，终觉非久长之策了，愿亦来邗，一睹平山之胜。"余乃赁屋于邗江先春门外，临河两椽，自至华氏接芸同行。华夫人赠一小奚奴曰阿双，帮司炊爨④，并订他年结邻⑤之约。

时已十月，平山凄冷，期以春游。满望散心调摄，徐图骨肉重圆。不满月，而贡局司事忽裁十有五人，余系友中之友，

---

① 宿逋：以前的债务。
② 公延入局：公开招聘。
③ 瘳（chōu）：病愈。
④ 炊爨（cuàn）：做饭。
⑤ 结邻：结为邻居。

遂亦散闲①。芸始犹百计代余筹画,强颜慰藉,未尝稍涉怨尤。至癸亥仲春,血疾大发。余欲再至靖江作将伯②之呼。芸曰:"求亲不如求友。"余曰:"此言虽是,亲友虽关切,现皆闲处,自顾不遑。"芸曰:"幸天时已暖,前途可无阻雪之虑,愿君速去速回,勿以病人为念。君或体有不安,妾罪更重矣。"

时已薪水不继,余佯为雇骡以安其心,实则囊饼徒步,且食且行。向东南,两渡叉河,约八九十里,四望无村落。至更许,但见黄沙漠漠,明星闪闪,得一土地祠,高约五尺许,环以短墙,植以双柏。因向神叩首,祝曰:"苏州沈某投亲失路至此,欲假神祠一宿,幸神怜佑。"于是移小石香炉于旁,以身探之,仅容半体。以风帽反戴掩面,坐半身于中,出膝于外,闭目静听,微风萧萧而已。足疲神倦,昏然睡去。

及醒,东方已白,短墙外忽有步语声,急出探视,盖土人赶集经此也。问以途,曰:"南行十里即泰兴县城,穿城向东南十里一土墩,过八墩,即靖江,皆康庄也。"余乃反身,移炉于原位,叩首作谢而行。过泰兴,即有小车可附。

申刻抵靖。投刺③焉。良久,司阍者④曰:"范爷因公往常

---

① 散闲:赋闲。

② 将伯:《诗经·小雅·正月》:"将伯助予。"孔颖达疏:"请长者助我。"后因以称别人对自己的帮助或向人求助。

③ 投刺:投递拜帖。

④ 司阍者:看门人。

州去矣。"察其辞色,似有推托。余诘之曰:"何日可归?"曰:"不知也。"余曰:"虽一年亦将待之。"阍者会余意,私问曰:"公与范爷嫡郎舅耶?"余曰:"苟非嫡者,不待其归矣。"阍者曰:"公姑待之。"越三日,乃以回靖告,共挪二十五金。

雇骡急返,芸正形容惨变,咻咻涕泣。见余归,卒然曰:"君知昨午阿双卷逃乎?倩人大索,今犹不得。失物小事,人系伊母临行再三交托,今若逃归,中有大江之阻,已觉堪虞,倘其父母匿子图诈,将奈之何?且有何颜见我盟姊?"余曰:"请勿急,卿虑过深矣。匿子图诈,诈其富有也,我夫妇两肩担一口耳。况携来半载,授衣分食,从未稍加扑责,邻里咸知。此实小奴丧良,乘危窃逃。华家盟姊赠以匪人,彼无颜见卿,卿何反谓无颜见彼耶?今当一面呈县立案,以杜后患可也。"芸闻余言,意似稍释。然自此梦中呓语,时呼"阿双逃矣",或呼"憨何负我",病势日以增矣。

余欲延医诊治,芸阻曰:"妾病始因弟亡母丧,悲痛过甚,继为情感,后由忿激。而平素又多过虑,满望努力做一好媳妇而不能得,以至头眩、怔忡诸症毕备,所谓病入膏肓,良医束手,请勿为无益之费。忆妾唱随二十三年,蒙君错爱,百凡体恤,不以顽劣见弃,知己如君,得婿如此,妾已此生无憾!若布衣暖,菜饭饱,一室雍雍①,优游泉石,如沧浪亭、萧爽楼

---

① 雍雍:和乐貌。

之处境，真成烟火神仙矣。神仙几世才能修到，我辈何人，敢望神仙耶？强而求之，致干造物之忌，即有情魔之扰。总因君太多情，妾生薄命耳！"因又呜咽而言曰："人生百年，终归一死。今中道相离，忽焉长别，不能终奉箕帚，目睹逢森娶妇，此心实觉耿耿。"言已，泪落如豆。余勉强慰之曰："卿病八年，恹恹欲绝者屡矣，今何忽作断肠语耶？"芸曰："连日梦我父母放舟来接，闭目即飘然上下，如行云雾中，殆魂离而躯壳存乎？"余曰："此神不收舍，服以补剂，静心调养，自能安痊。"芸又欷歔①曰："妾若稍有生机一线，断不敢惊君听闻。今冥路已近，苟再不言，言无日矣。君之不得亲心，流离颠沛，皆由妾故。妾死则亲心自可挽回，君亦可免牵挂。堂上春秋高矣，妾死，君宜早归。如无力携妾骸骨归，不妨暂厝②于此，待君将来可耳。愿君另续德容兼备者，以奉双亲，抚我遗子，妾亦瞑目矣。"言至此，痛肠欲裂，不觉惨然大恸。余曰："卿果中道相舍，断无再续之理。况'曾经沧海难为水，除却巫山不是云'耳。"芸乃执余手而更欲有言，仅断续叠言"来世"二字。忽发喘，口噤，两目瞪视，千呼万唤已不能言。痛泪两行，涔涔流溢。既而喘渐微，泪渐干，一灵缥缈，竟尔长逝！时嘉庆癸亥三月三十日也。当是时，孤灯一盏，举目无

---

① 欷歔：悲泣，抽噎。
② 暂厝（cuò）：暂时寄放。

43

亲，两手空拳，寸心欲碎。绵绵此恨，曷其有极！

承吾友胡省堂以十金为助，余尽室中所有，变卖一空，亲为成殓。呜呼！芸一女流，具男子之襟怀才识。归吾门后，余日奔走衣食，中馈缺乏，芸能纤悉不介意。及余家居，惟以文字相辩析而已。卒之疾病颠连，赍恨①以没，谁致之耶？余有负闺中良友，又何可胜道哉！奉劝世间夫妇，固不可彼此相仇，亦不可过于情笃。语云"恩爱夫妻不到头"，如余者，可作前车之鉴也。

回煞②之期，俗传是日魂必随煞而归，故居中铺设一如生前，且须铺生前旧衣于床上，置旧鞋于床下，以待魂归瞻顾。吴下相传谓之"收眼光"。延羽士作法，先召于床而后遣之，谓之"接眚"。邗江俗例，设酒肴于死者之室，一家尽出，谓之"避眚"。以故有因避被窃者。芸娘眚期③，房东因同居而出避，邻家嘱余亦设肴远避。余冀魄归一见，姑漫应之。同乡张禹门谏余曰："因邪入邪，宜信其有，勿尝试也。"余曰："所以不避而待之者，正信其有也。"张曰："回煞犯煞不利生人，夫人即或魂归，业已阴阳有间，窃恐欲见者无形可接，应

---

① 赍（jī）恨：抱憾。

② 回煞：古代迷信说法，阴阳家按人死时年月干支推算魂灵反舍的时间，并说返回之日有凶煞出现，故称。

③ 眚（shěng）期：旧时迷信，谓人死后若干天魂魄要回家，届时家属应出避，叫做眚期。

避者反犯其锋耳。"时余痴心不昧,强对曰:"死生有命。君果关切,伴我何如?"张曰:"我当于门外守之,君有异见,一呼即入可也。"

余乃张灯入室,见铺设宛然而音容已杳,不禁心伤泪涌。又恐泪眼模糊失所欲见,忍泪睁目,坐床而待。抚其所遗旧服,香泽犹存,不觉柔肠寸断,冥然昏去。转念待魂而来,何遽睡耶?开目四视,见席上双烛青焰荧荧,缩光如豆,毛骨悚然,通体寒栗。因摩两手擦额,细瞩之,双焰渐起,高至尺许,纸裱顶格几被所焚。余正得借光四顾间,光忽又缩如前。此时心春股栗,欲呼守者进观,而转念柔魂弱魄,恐为盛阳所逼,悄呼芸名而祝之,满室寂然,一无所见,既而烛焰复明,不复腾起矣。出告禹门,服余胆壮,不知余实一时情痴耳。

芸没后,忆和靖"妻梅子鹤"①语,自号梅逸。权葬芸于扬州西门外之金桂山,俗呼郝家宝塔。买一棺之地,从遗言寄于此。携木主②还乡,吾母亦为悲悼,青君、逢森归来,痛哭成服③。启堂进言曰:"严君怒犹未息,兄宜仍往扬州,俟严君归里,婉言劝解,再当专札相招。"余遂拜母别子女,痛哭

---

① 妻梅子鹤:亦作"梅妻鹤子"。北宋诗人林逋,终身未娶,爱养鹤赏梅,人称之为"梅妻鹤子"。

② 木主:死者的灵牌。

③ 成服:旧时丧礼大殓之后,亲属按照与死者关系的亲疏穿上不同的丧服,叫"成服"。

一场，复至扬州，卖画度日。因得常哭于芸娘之墓，影单形只，备极凄凉，且偶经故居，伤心惨目。重阳日，邻冢皆黄，芸墓独青。守坟者曰："此好穴场，故地气旺也。"余暗祝曰："秋风已紧，身尚衣单，卿若有灵，佑我图得一馆，度此残年，以持家乡信息。"未几，江都幕客章驭庵先生欲回浙江葬亲，倩余代庖①三月，得备御寒之具。封篆②出署，张禹门招寓其家。张亦失馆，度岁艰难，商于余，即以余资二十金倾囊借之，且告曰："此本留为亡荆扶柩之费，一俟得有乡音，偿我可也。"是年即寓张度岁，晨占夕卜，乡音殊杳。

至甲子三月，接青君信，知吾父有病。即欲归苏，又恐触旧忿。正趑趄观望间，复接青君信，始痛悉吾父业已辞世。刺骨痛心，呼天莫及。无暇他计，即星夜驰归，触首灵前，哀号流血。呜呼！吾父一生辛苦，奔走于外。生余不肖，既少承欢膝下，又未侍药床前，不孝之罪何可逭③哉！吾母见余哭，曰："汝何此日始归耶？"余曰："儿之归，幸得青君孙女信也。"吾母目余弟妇，遂默然。余入幕守灵至七终，无一人以家事告，以丧事商者。余自问人子之道已缺，故亦无颜询问。

一日，忽有向余索逋者登门饶舌，余出应曰："欠债不还，

---

① 代庖：代替厨子。后多用以比喻代人行事或代理他人职务。

② 封篆：旧时官署于岁暮年初停止办公之称。官印多为篆文，停止办公不用印，故名。

③ 逭（huàn）：宽恕，免除。

固应催索，然吾父骨肉未寒，乘凶追呼，未免太甚。"中有一人私谓余曰："我等皆有人招之使来，公且避出，当向招我者索偿也。"余曰："我欠我偿，公等速退！"皆唯唯而去。余因呼启堂谕之曰："兄虽不肖，并未作恶不端，若言出嗣降服①，从未得过纤毫嗣产，此次奔丧归来，本人子之道，岂为产争故耶？大丈夫贵乎自立，我既一身归，仍以一身去耳！"言已，返身入幕，不觉大恸。叩辞吾母，走告青君，行将出走深山，求赤松子于世外矣。

青君正劝阻间，友人夏南熏字淡安、夏逢泰字揖山两昆季寻踪而至，抗声②谏余曰："家庭若此，固堪动忿，但足下父死而母尚存，妻丧而子未立，乃竟飘然出世，于心安乎？"余曰："然则如之何？"淡安曰："奉屈暂居寒舍，闻石琢堂殿撰③有告假回籍之信，盍俟其归而往谒之？其必有以位置君也。"余曰："凶丧未满百日，兄等有老亲在堂，恐多未便。"揖山曰："愚兄弟之相邀，亦家君意也。足下如执以为不便，西邻有禅寺，方丈僧与余交最善，足下设榻于寺中，何如？"余诺之。青君曰："祖父所遗房产，不下三四千金，既已分毫不取。岂自己行囊亦舍去耶？我往取之，径送禅寺父亲处可

---

① 出嗣降服：被过继给他人，与亲生父亲的关系降级。
② 抗声：高声，大声。
③ 殿撰：宋代官名，明清时期，状元按例授翰林院修撰，故沿称状元为殿撰。

也。"因是于行囊之外,转得吾父所遗图书、砚台、笔筒数件。

寺僧安置予于大悲阁。阁南向,向东设神像,隔西首一间,设月窗,紧对佛龛,本为作佛事者斋食之地。余即设榻其中,临门有关圣提刀立像,极威武。院中有银杏一株,大三抱,阴覆满阁,夜静风声如吼。挹山常携酒果来对酌,曰:"足下一人独处,夜深不寐,得无畏怖耶?"余曰:"仆一生坦直,胸无秽念,何怖之有?"居未几,大雨倾盆,连宵达旦三十余天。时虑银杏折枝,压梁倾屋。赖神默佑,竟得无恙。而外之墙坍屋倒者不可胜计,近处田禾俱被漂没。余则日与僧人作画,不见不闻。

七月初,天始霁,挹山尊人号莼芗有交易赴崇明,偕余往,代笔书券得二十金。归,值吾父将安葬,启堂命逢森向余曰:"叔因葬事乏用,欲助一二十金。"余拟倾囊与之,挹山不允,分帮其半。余即携青君先至墓所。葬既毕,仍返大悲阁。九月杪①,挹山有田在东海永寨沙,又偕余往收其息。盘桓两月,归已残冬,移寓其家雪鸿草堂度岁。真异姓骨肉也!

乙丑七月,琢堂始自都门回籍。琢堂名韫玉,字执如,琢堂其号也,与余为总角交②。乾隆庚戌殿元③,出为四川重庆守。白莲教之乱,三年戎马,极著劳绩。及归,相见甚欢,旋

---

① 杪:年月或四季的末尾。

② 总角交:儿童时期的朋友。

③ 殿元:状元的别称。

于重九日挈眷重赴四川重庆之任，邀余同往。余即四别吾母于九妹倩①陆尚吾家，盖先君故居已属他人矣。吾母嘱曰："汝弟不足恃，汝行须努力。重振家声，全望汝也！"逢森送余至半途，忽泪落不已，因嘱勿送而返。舟出京口，琢堂有旧交王惕夫孝廉在淮扬盐署，绕道往晤，余与偕往，又得一顾芸娘之墓。返舟由长江溯流而上，一路游览名胜。至湖北之荆州，得升潼关观察②之信，遂留余与其嗣君③敦夫眷属等，暂寓荆州，琢堂轻骑减从至重庆度岁，遂由成都历栈道之任④。丙寅二月，川眷始由水路往，至樊城登陆。途长费短，车重人多，毙马折轮，备尝辛苦。抵潼关甫三月，琢堂又升山左⑤廉访，清风两袖，眷属不能偕行，暂借潼川书院作寓。十月杪，始支山左廉俸，专人接眷。附有青君之书，骇悉逢森于四月间夭亡。始忆前之送余堕泪者，盖父子永诀也。呜呼！芸仅一子，不得延其嗣续耶！琢堂闻之，亦为之浩叹，赠余一妾，重入春梦。从此扰扰攘攘，又不知梦醒何时耳。

① 妹倩：妹夫。倩，指女婿。
② 观察：清朝指道台。
③ 嗣君：对别人儿子的敬称。这里指琢堂之子敦夫。
④ 之任：赴任。
⑤ 山左：山东。

浮生六记卷四

浪游记快

余游幕三十年来，天下所未到者，蜀中、黔中与滇南耳。惜乎轮蹄征逐，处处随人，山水怡情，云烟过眼，不过领略其大概，不能探僻寻幽也。余凡事喜独出己见，不屑随人是非，即论诗品画，莫不存人珍我弃、人弃我取之意，故名胜所在，贵乎心得，有名胜而不觉其佳者，有非名胜而自以为妙者，聊以平生历历者记之。

余年十五时，吾父稼夫公馆于山阴①赵明府幕中。有赵省斋先生名传者，杭之宿儒也，赵明府延教其子，吾父命余亦拜投门下。暇日出游，得至吼山，离城约十余里，不通陆路。近山见一石洞，上有片石横裂欲堕，即从其下荡舟入。豁然空其

---

① 山阴：旧县名，在今浙江绍兴。

中，四面皆峭壁，俗名之曰"水园"。临流建石阁五椽，对面石壁有"观鱼跃"三字。水深不测，相传有巨鳞潜伏，余投饵试之，仅见不盈尺者出而唼①食焉。阁后有道通旱园，拳石乱叠，有横阔如掌者，有柱石平其顶而上加大石者，凿痕犹在，一无可取。游览既毕，宴于水阁，命从者放爆竹，轰然一响，万山齐应，如闻霹雳生。此幼时快游之始。惜乎兰亭、禹陵未能一到，至今以为憾。

至山阴之明年，先生以亲老不远游，设帐于家。余遂从至杭，西湖之胜因得畅游。结构之妙，予以龙井为最，小有天园次之。石取天竺之飞来峰，城隍山之瑞石古洞。水取玉泉，以水清多鱼，有活泼趣也。大约至不堪者，葛岭之玛瑙寺。其余湖心亭，六一泉诸景，各有妙处，不能尽述，然皆不脱脂粉气，反不如小静室之幽僻，雅近天然。

苏小墓②在西泠桥侧。土人指示，初仅半丘黄土而已，乾隆庚子圣驾南巡，曾一询及。甲辰春，复举南巡盛典，则苏小墓已石筑其坟，作八角形，上立一碑，大书曰"钱塘苏小小之墓"。从此吊古骚人不须徘徊探访矣。余思古来烈魄忠魂堙没不传者，固不可胜数，即传而不久者亦不为少，小小一名妓耳，自南齐至今。尽人而知之，此殆灵气所钟，为湖山点缀耶?

---

① 唼（shà）：鱼争食貌。
② 苏小墓：相传为南齐名妓苏小小之墓。

桥北数武有崇文书院，余曾与同学赵缉之投考其中。时值长夏，起极早，出钱塘门，过昭庆寺，上断桥，坐石阑上。旭日将升，朝霞映于柳外，尽态极妍。白莲香里，清风徐来，令人心骨皆清。步至书院，题犹未出也。午后缴卷。偕缉之纳凉于紫云洞，大可容数十人，石窍上透日光。有人设短几矮凳，卖酒于此。解衣小酌，尝鹿脯甚妙，佐以鲜菱雪藕，微酣出洞。缉之曰："上有朝阳台，颇高旷，盍往一游？"余亦兴发，奋勇登其巅，觉西湖如镜，杭城如丸，钱塘江如带，极目可数百里。此生平第一大观也。坐良久，阳乌将落，相携下山，南屏晚钟动矣。韬光、云栖，路远未到。其红门局之梅花，姑姑庙之铁树，不过尔尔。紫阳洞予以为必可观，而访寻得之，洞口仅容一指，涓涓流水而已。相传中有洞天，恨不能抉门而入。

清明日，先生春祭扫墓，挈余同游。墓在东岳，是乡多竹，坟丁掘未出土之毛笋，形如梨而尖，作羹供客。余甘之，尽其两碗。先生曰："噫！是虽味美而克心血，宜多食肉以解之。"余素不贪屠门之嚼，至是饭量且因笋而减。归途觉烦躁，唇舌几裂。过石屋洞，不甚可观。水乐洞峭壁多藤萝，入洞如斗室，有泉流甚急，其声琅琅。池广仅三尺，深五寸许，不溢亦不竭。余俯流就饮，烦躁顿解。洞外二小亭，坐其中可听泉声。衲子①请观万年缸。缸在香积厨，形甚巨，以竹引泉灌其

---

① 衲子：和尚。

内,听其满溢。年久结苔厚尺许,冬日不冰,故不损也。

辛丑秋八月,吾父病疟返里,寒索火,热索冰,余谏不听,竟转伤寒,病势日重。余侍奉汤药,昼夜不交睫者几一月。吾妇芸娘亦大病,恹恹在床。心境恶劣,莫可名状。吾父呼余嘱之曰:"我病恐不起,汝守数本书,终非糊口计,我托汝于盟弟蒋思斋,仍继吾业可耳。"越日思斋来,即于榻前命拜为师。未几,得名医徐观莲先生诊治,父病渐痊。芸亦得徐力起床。而余则从此习幕矣。此非快事,何记于此?曰:此抛书浪游之始,故记之。

思斋先生名襄。是年冬,即相随习幕于奉贤官舍。有同习幕者,顾姓名金鉴,字鸿干,号紫霞,亦苏州人也。为人慷慨刚毅,直谅不阿,长余一岁,呼之为兄。鸿干即毅然呼余为弟,倾心相交。此余第一知己交也,惜以二十二岁卒,余即落落寡交。今年且四十有六矣,茫茫沧海,不知此生再遇知己如鸿干者否?

忆与鸿干订交,襟怀高旷,时兴山居之想。重九日,余与鸿干俱在苏。有前辈王小侠与吾父稼夫公唤女伶演剧,宴客吾家。余患其扰,先一日约鸿干赴寒山登高,借访他日结庐之地。芸为整理小酒榼①。

---

① 榼(kē):古代盛酒的器具。

越日天将晓,鸿干已登门相邀。遂携榼出胥门①,入面肆,各饱食。渡胥江,步至横塘枣市桥,雇一叶扁舟,到山日犹未午。舟子颇循良,令其籴②米煮饭。余两人上岸,先至中峰寺。寺在支硎③古刹之南,循道而上,寺藏深树,山门寂静,地僻僧闲,见余两人不衫不履,不甚接待。余等志不在此,未深入。归舟,饭已熟。饭毕,舟子携榼相随,嘱其子守船,由寒山至高义园之白云精舍。轩临峭壁,下凿小池,围以石栏,一泓秋水,崖悬薜荔,墙积莓苔。坐轩下,惟闻落叶萧萧,悄无人迹。出门有一亭,嘱舟子坐此相候。余两人从石罅中入,名"一线天",循级盘旋,直造其巅,曰"上白云"。有庵已坍颓,存一危栈,仅可远眺。小憩片刻,即相扶而下。舟子曰:"登高忘携酒榼矣。"鸿干曰:"我等之游,欲觅偕隐地耳,非专为登高也。"舟子曰:"离此南行二三里,有上沙村,多人家,有隙地,我有表戚范姓居是村,盍往一游?"余喜曰:"此明末徐俟斋④先生隐居处也,有园闻极幽雅,从未一游。"于是舟子导往。村在两山夹道中。园依山而无石,老树多极纡

---

① 胥门:即今江苏苏州市城西门。

② 籴(dí):买进粮食。

③ 支硎:山名,在今江苏苏州市西,又名报恩山、南峰山。硎,平整的石头。山有平石,故名。晋代高僧支遁隐居于此,因其以支硎为号,山亦因此得名。

④ 徐俟斋:明末徐枋,善诗文,工书画,号为俟斋。

回盘郁之势，亭榭窗栏尽从朴素，竹篱茆舍，不愧隐者之居。中有皂荚亭，树大可两抱。余所历园亭，此为第一。

园左有山，俗呼鸡笼山，山峰直竖，上加大石，如杭城之瑞石古洞，而不及其玲珑。旁一青石如榻，鸿干卧其上曰："此处仰观峰岭，俯视园亭，既旷且幽，可以开樽矣。"因拉舟子同饮，或歌或啸，大畅胸怀。土人知余等觅地而来，误以为堪舆，以某处有好风水相告。鸿干曰："但期合意，不论风水。"（岂意竟成谶语！）酒瓶既罄，各采野菊插满两鬓。

归舟，日已将没。更许抵家，客犹未散。芸私告余曰："女伶中有兰官者，端庄可取。"余假传母命呼之入内，握其腕而睨之，果丰颐白腻。余顾芸曰："美则美矣，终嫌名不称实。"芸曰："肥者有福相。"余曰："马嵬之祸，玉环之福安在？"芸以他辞遣之出。谓余曰："今日君又大醉耶？"余乃历述所游，芸亦神往者久之。

癸卯春，余从思斋先生就维扬之聘，始见金、焦面目。金山宜远观，焦山宜近视，惜余往来其间未尝登眺。渡江而北，渔洋[①]所谓"绿杨城郭是扬州"一语已活现矣！平山堂离城约三四里，行其途有八九里。虽全是人工，而奇思幻想，点缀天然，即阆苑瑶池，琼楼玉宇，谅不过此。其妙处在十余家之园亭合而为一，联络至山，气势俱贯。其最难位置处，出城入

---

① 渔洋：指清代诗人王士祯，渔洋为其号。

景，有一里许紧沿城郭。夫城缀于旷远重山间，方可入画，园林有此，蠢笨绝伦。而观其或亭或台，或墙或石，或竹或树，半隐半露间，使游人不觉其触目，此非胸有丘壑者，断难下手。

城尽，以虹园为首，折面向北，有石梁曰"虹桥"。不知园以桥名乎？桥以园名乎？荡舟过，曰"长堤春柳"，此景不缀城脚而缀于此，更见布置之妙。再折而西，垒土立庙，曰"小金山"，有此一挡便觉气势紧凑，亦非俗笔。闻此地本沙土，屡筑不成，用木排若干，层叠加土，费数万金乃成，若非商家，乌能如是。

过此有胜概楼，年年观竞渡于此。河面较宽，南北跨一莲花桥，桥门通八面，桥面设五亭，扬人呼为"四盘一暖锅"。此思穷力竭之为，不甚可取。桥南有莲心寺，寺中突起喇嘛白塔，金顶缨络，高矗云霄，殿角红墙松柏掩映，钟磬时闻，此天下园亭所未有者。

过桥见三层高阁，画栋飞檐，五采绚烂，叠以太湖石，围以白石栏，名曰"五云多处"，如作文中间之大结构也。过此名"蜀冈朝旭"，平坦无奇，且属附会。将及山，河面渐束，堆土植竹树，作四五曲。似已山穷水尽，而忽豁然开朗，平山之万松林已列于前矣。"平山堂"为欧阳文忠公[①]所书。所谓

---

① 欧阳文忠公：北宋文学家欧阳修，文忠为其谥号。

淮东第五泉，真者在假山石洞中，不过一井耳，味与天泉同；其荷亭中之六孔铁井栏者，乃系假设，水不堪饮。九峰园另在南门幽静处，别饶天趣，余以为诸园之冠。康山未到，不识如何。

此皆言其大概。其工巧处，精美处，不能尽述，大约宜以艳妆美人目之，不可作浣纱溪上观也。余适恭逢南巡盛典，各工告竣，敬演接驾点缀，因得畅其大观，亦人生难遇者也。

甲辰之春，余随待吾父于吴江明府幕中，与山阴章苹江、武林①章映牧、苕溪顾霭泉诸公同事，恭办南斗圩行宫，得第二次瞻仰天颜。一日，天将晚矣，忽动归兴。有办差小快船，双橹两桨，于太湖飞棹疾驰，吴俗呼为"出水鬐头"，转瞬已至吴门桥。即跨鹤腾空，无此神爽。抵家，晚餐未熟也。

吾乡素尚繁华，至此日之争奇夺胜，较昔尤奢。灯彩眩眸，笙歌聒耳，古人所谓"画栋雕甍②""珠帘绣幕""玉栏干""锦步障"，不啻过之。余为友人东拉西扯，助其插花结彩，闲则呼朋引类，剧饮狂歌，畅怀游览，少年豪兴，不倦不疲。苟生于盛世而仍居僻壤，安得此游观哉？

是年，何明府因事被议，吾父即就海宁王明府之聘。嘉兴有刘蕙阶者，长斋佞佛，来拜吾父。其家在烟雨楼侧，一阁临

---

① 武林：旧时杭州的别称。
② 甍（méng）：屋脊。雕甍，有浮雕作装饰的屋脊。

河，曰"水月居"，其诵经处也，洁静如僧舍。烟雨楼在镜湖之中，四岸皆绿杨，惜无多竹。有平台可远眺，渔舟星列，漠漠平波，似宜月夜。衲子备素斋甚佳。至海宁，与白门史心月、山阴俞午桥同事。心月一子名烛衡，澄静缄默，彬彬儒雅，与余莫逆，此生平第二知心交也。惜萍水相逢，聚首无多日耳。

　　游陈氏安澜园，地占百亩，重楼复阁，夹道回廊。池甚广，桥作六曲形；石满藤萝，凿痕全掩；古木千章①，皆有参天之势；鸟啼花落，如入深山。此人工而归于天然者。余所历平地之假石园亭，此为第一。曾于桂花楼中张宴，诸味尽为花气所夺，惟酱姜味不变。姜桂之性老而愈辣，以喻忠节之臣，洵不虚也。出南门，即大海，一日两潮，如万丈银堤破海而过。船有迎潮者，潮至，反棹相向。于船头设一木招，状如长柄大刀，招一捺，潮即分破，船即随招而入。俄顷始浮起，拨转船头随潮而去，顷刻百里。塘上有塔院，中秋夜曾随吾父观潮于此。循塘东约三十里，名尖山，一峰突起，扑入海中，山顶有阁，匾曰"海阔天空"，一望无际，但见怒涛接天而已。

　　余年二十有五，应徽州绩溪克明府之召，由武林下"江山船"，过富春山，登子陵钓台。台在山腰，一峰突起，离水十余丈。岂汉时之水竟与峰齐耶？月夜泊界口，有巡检署。"山

----
① 千章：千棵大树。

高月小,水落石出",此景宛然。黄山仅见其脚,惜未一瞻面目。绩溪城处于万山之中,弹丸小邑,民情淳朴。近城有石镜山,由山弯中曲折一里许,悬崖急湍,湿翠欲滴。渐高,至山腰,有一方石亭,四面皆陡壁。亭左石削如屏,青色,光润可鉴人形,俗传能照前生。黄巢至此,照为猿猴形,纵火焚之,故不复现。离城十里有火云洞天,石纹盘结,凹凸巉岩,如黄鹤山樵①笔意,而杂乱无章,洞石皆深绛色。旁有一庵甚幽静,盐商程虚谷曾招游设宴于此。席中有肉馒头,小沙弥眈眈旁视,授以四枚,临行以番银二圆为酬,山僧不识,推不受。告以一枚可易青钱七百余文,僧以近无易处,仍不受。乃攒凑青蚨六百文付之,始欣然作谢。他日余邀同人携榼再往,老僧嘱曰:"曩者小徒不知食何物而腹泻,今勿再与。"可知藜藿之腹不受肉味,良可叹也。余谓同人曰:"作和尚者,必居此等僻地,终身不见不闻,或可修真养静。若吾乡之虎丘山,终日目所见者妖童艳妓,耳所听者弦索笙歌,鼻所闻者佳肴美酒,安得身如枯木,心如死灰哉?"

又去城三十里,名曰"仁里",有花果会,十二年一举,每举各出盆花为赛。余在绩溪适逢其会,欣然欲往,苦无轿马,乃教以断竹为杠,缚椅为轿,雇人肩之而去,同游者惟同事许策廷,见者无不讶笑。至其地,有庙,不知供何神。庙前

---

① 黄鹤山樵:元代画家王蒙的号,因其隐于黄鹤山故号。

旷处高搭戏台，画梁方柱极其巍焕，近视则纸扎彩画，抹以油漆者。锣声忽至，四人抬对烛大如断柱，八人抬一猪大若牯牛，盖公养十二年始宰以献神。策廷笑曰："猪固寿长，神亦齿利。我若为神，乌能享此。"余曰："亦足见其愚诚也。"入庙，殿廊轩院所设花果盆玩，并不剪枝拗节，尽以苍老古怪为佳，大半皆黄山松。既而开场演剧，人如潮涌而至，余与策廷遂避去。未两载，余与同事不合，拂衣归里。

余自绩溪之游，见热闹场中卑鄙之状不堪入目，因易儒为贾。余有姑丈袁万九，在盘溪之仙人塘作酿酒生涯，余与施心耕附资合伙。袁酒本海贩，不一载，值台湾林爽文①之乱，海道阻隔，货积本折，不得已仍为冯妇②。馆江北四年，一无快游可记。迨③居萧爽楼，正作烟火神仙，有表妹倩徐秀峰自粤东归，见余闲居，慨然曰："足下待露而爨，笔耕而炊，终非久计，盍偕我作岭南游？当不仅获蝇头利也。"芸亦劝余曰："乘此老亲尚健，子尚壮年，与其商柴计米而寻欢，不如一劳而永逸。"余乃商诸交游者，集资作本。芸亦自办绣货及岭南所无之苏酒醉蟹等物。禀知堂上，于小春十日，偕秀峰由东坝

---

① 林爽文：台湾天地会领袖，以"反清复明"为口号反对清政府统治，后被镇压。

② 冯妇：善搏虎，后从文，但见虎，仍搏之。后以"冯妇"指重操旧业的人。

③ 迨：等到。

出芜湖口。

长江初历,大畅襟怀。每晚舟泊后,必小酌船头。见捕鱼者罾①幂不满三尺,孔大约有四寸,铁箍四角,似取易沉。余笑曰:"圣人之教,虽曰'罟②不用数',而如此之大孔小罾,焉能有获?"秀峰曰:"此专为网鳊鱼③设也。"见其系以长绠,忽起忽落,似探鱼之有无。未几,急挽出水,已有鳊鱼枷罾孔而起矣。余始喟然曰:"可知一己之见,未可测其奥妙。"

一日,见江心中一峰突起,四无依倚。秀峰曰:"此小孤山也。"霜林中,殿阁参差。乘风径过,惜未一游。至滕王阁,犹吾苏府学之尊经阁移于胥门之大马头,王子安④序中所云不足信也。即于阁下换高尾昂首船,名"三板子",由赣关至南安登陆。值余三十诞辰,秀峰备面为寿。越日过大庾岭,出巅一亭,匾曰"举头日近",言其高也。山头分为二,两边峭壁,中留一道如石巷。口列两碑,一曰"急流勇退",一曰"得意不可再往"。山顶有梅将军祠,未考为何朝人。所谓岭上梅花,并无一树,意者以梅将军得名梅岭耶?余所带送礼盆梅,至此将交腊月,已花落而叶黄矣。过岭出口,山川风物,便觉顿殊。岭西一山,石窝玲珑,已忘其名,舆夫曰:"中有仙人床

---

① 罾(zēng):一种用木棍或竹竿作支架的渔网。
② 罟(gǔ):用网捕鱼。
③ 鳊鱼:即鳊鱼。头小,腹宽,体扁。
④ 王子安:唐代诗人王勃,《滕王阁序》是其代表作。

榻。"匆匆竟过，以未得游为怅。至南雄，雇老龙船，过佛山镇，见人家墙顶多列盆花，叶如冬青，花如牡丹，有大红、粉白、粉红三种，盖山茶花也。

腊月望，始抵省城，寓靖海门内，赁王姓临街楼屋三椽。秀峰货物皆销与当道，余亦随其开单拜客，即有配礼者络绎取货，不旬日而余物已尽。除夕蚊声如雷。岁朝贺节，有棉袍纱套者。不惟气候迥别，即土著人物，同一五官而神情迥异。

正月既望，有署中园乡三友，拉余游河观妓，名曰"打水围"，妓名"老举"。于是同出靖海门，下小艇，如剖分之半蛋而加篷焉，先至沙面。妓船名"花艇"，皆对头分排，中留水巷以通小艇往来。每帮约一二十号，横木绑定，以防海风。两船之间钉以木桩，套以藤圈，以便随潮长落。鸨儿呼为"梳头婆"，头用银丝为架，高约四寸许，空其中而蟠发于外，以长耳挖插一朵花于鬓，身披元青短袄，著元青长裤，管拖脚背，腰束汗巾，或红或绿，赤足撒鞵①，式如梨园旦脚。登其艇，即躬身笑迎，搴帏入舱。旁列椅杌，中设大炕，一门通艄后。妇呼有客，即闻履声杂沓而出，有挽髻者，有盘辫者；傅粉如粉墙，搽脂如榴火；或红袄绿裤，或绿袄红裤；有著短袜而撮绣花蝴蝶履者，有赤足而套银脚镯者；或蹲于炕，或倚于门，

────────

① 鞵：同"鞋"。

双瞳闪闪,一言不发。余顾秀峰曰:"此何为者也?"秀峰曰:"目成之后,招之始相就耳。"余试招之,果即欢容至前,袖出槟榔为敬。入口大嚼,涩不可耐,急吐之,以纸擦唇,其吐如血。合艇皆大笑。

又至军工厂,妆束亦相等,惟长幼皆能琵琶而已。与之言,对曰"咪","咪"者,"何"也。余曰:"'少不入广'者,以其销魂耳,若此野妆蛮语,谁为动心哉?"一友曰:"潮帮妆束如仙,可往一游。"

至其帮,排舟亦如沙面。有著名鸨儿素娘者,妆束如花鼓妇。其粉头衣皆长领,颈套项锁,前发齐眉,后发垂肩,中挽一鬏似丫髻,裹足者著裙,不裹足者短袜,亦著蝴蝶履,长拖裤管,语音可辨。而余终嫌为异服,兴趣索然。秀峰曰:"靖海门对渡有扬帮,留吴妆,君往,必有合意者。"一友曰:"所谓扬帮者,仅一鸨儿,呼曰邵寡妇,携一媳曰大姑,系来自扬州,余皆湖广江西人也。"

因至扬帮。对面两排仅十余艇,其中人物皆云鬓雾鬓,脂粉薄施,阔袖长裙,语音了了,所谓邵寡妇者,殷勤相接。遂有一友另唤酒船,大者曰"恒艛",小者曰"沙姑艇",作东道相邀,请余择妓。余择一雏年者,身材状貌有类余妇芸娘,而足极尖细,名喜儿。秀峰唤一妓名翠姑。余皆各有旧交。放艇中流,开怀畅饮。至更许,余恐不能自持,坚欲回寓,而城已下钥久矣。盖海疆之城,日落即闭,余不知也。

及终席，有卧而吃鸦片烟者，有拥妓而调笑者，伻头[①]各送衾枕至，行将连床开铺。余暗询喜儿："汝本艇可卧否？"对曰："有寮可居，未知有客否也。"（寮者，船顶之楼。）余曰："姑往探之。"招小艇渡至邵船，但见合帮灯火相对如长廊，寮适无客。鸨儿笑迎曰："我知今日贵客来，故留寮以相待也。"余笑曰："姥真荷叶下仙人哉！"遂有伻头移烛相引，由舱后梯而登。宛如斗室，旁一长榻，几案俱备。揭帘再进，即在头舱之顶，床亦旁设，中间方窗嵌以玻璃，不火而光满一室，盖对船之灯光也。衾帐镜奁，颇极华美。喜儿曰："从台可以望月。"即在梯门之上，叠开一窗，蛇行而出，即后梢之顶也。三面皆设短栏，一轮明月，水阔天空。纵横如乱叶浮水者，酒船也；闪烁如繁星列天者，酒船之灯也；更有小艇梳织往来，笙歌弦索之声杂以长潮之沸，令人情为之移。余曰："'少不入广'，当在斯矣！"惜余妇芸娘不能偕游至此。回顾喜儿，月下依稀相似，因挽之下台，息烛而卧。天将晓，秀峰等已哄然至，余披衣起迎，皆责以昨晚之逃。余曰："无他，恐公等掀衾揭帐耳！"遂同归寓。

越数日，偕秀峰游海珠寺。寺在水中，围墙若城，四周离水五尺许，有洞，设大炮以防海寇。潮长潮落，随水浮沉，不觉炮门之或高或下，亦物理之不可测者。十三洋行在幽兰门之

[①] 伻（bēng）头：仆人。

西，结构与洋画同。对渡名花地，花木甚繁，广州卖花处也。余自以为无花不识，至此仅识十之六七，询其名有《群芳谱》所未载者，或土音之不同欤？海珠寺规模极大，山门内植榕树，大可十余抱，阴浓如盖，秋冬不凋。柱槛窗栏皆以铁梨木为之。有菩提树，其叶似柿，浸水去皮，肉筋细如蝉翼纱，可裱小册写经。

归途访喜儿于花艇，适翠、喜二妓俱无客。茶罢欲行，挽留再三。余所属意在寮，而其媳大姑已有酒客在上，因谓邵鸨儿曰："若可同往寓中，则不妨一叙。"邵曰："可。"秀峰先归，嘱从者整理酒肴。余携翠、喜至寓。正谈笑间，适郡署王懋老不期而来，挽之同饮。酒将沾唇，忽闻楼下人声嘈杂，似有上楼之势，盖房东一侄素无赖，知余招妓，故引人图诈耳。秀峰怨曰："此皆三白一时高兴，不合我亦从之。"余曰："事已至此，应速思退兵之计，非斗口时也。"懋老曰："我当先下说之。"余即唤仆速雇两轿，先脱两妓，再图出城之策。闻懋老说之不退，亦不上楼。两轿已备，余仆手足颇捷，令其向前开路，秀峰挽翠姑继之，余挽喜儿于后，一哄而下。秀峰、翠姑得仆力，已出门去，喜儿为横手所拿，余急起腿，中其臂，手一松而喜儿脱去，余亦乘势脱身出。余仆犹守于门，以防追抢。急问之曰："见喜儿否？"仆曰："翠姑已乘轿去，喜娘但见其出，未见其乘轿也。"余急燃炬，见空轿犹在路旁。急追至靖海门，见秀峰侍翠轿而立，又问之。对曰："或应投东，而反奔西矣。"急反身,过寓十余家,闻暗处有唤余者,烛之,喜儿也,遂纳之轿,肩而行。秀峰亦奔至,曰:"幽兰门有水窦可出,已托人贿之启钥,翠姑去矣,喜儿速往!"余曰:"君速回寓退兵,翠、喜交我!"

至水窦边,果已启钥,翠先在。余遂左掖喜,右挽翠,折腰鹤步,踉跄出窦。天适微雨,路滑如油,至河干沙面,笙歌正盛。小艇有识翠姑者,招呼登舟。始见喜儿首如飞蓬,钗环俱无有。余曰:"被抢去耶?"喜儿笑曰:"闻此皆赤金,阿母物也,妾于下楼时已除去,藏于囊中。若被抢去,累君赔偿耶。"余闻言,心甚德之,令其重整钗环,勿告阿母,托言寓所人杂,故仍归舟耳。翠姑如言告母,并曰:"酒菜已饱,备粥可也。"

时寮上酒客已去,邵鸨儿命翠亦陪余登寮。见两对绣鞋泥污已透。三人共粥,聊以充饥。剪烛絮谈,始悉翠籍湖南,喜亦豫产,本姓欧阳,父亡母醮①,为恶叔所卖。翠姑告以迎新送旧之苦,心不欢必强笑,酒不胜必强饮,身不快必强陪,喉不爽必强歌。更有乖张其性者,稍不合意,即掷酒翻案,大声辱骂,假母不察,反言接待不周,又有恶客彻夜蹂躏,不堪其扰。喜儿年轻初到,母犹惜之。不觉泪随言落。喜儿亦默然涕泣。余乃挽喜入怀,抚慰之。嘱翠姑卧于外榻,盖因秀峰

---

① 醮(jiào):再嫁。

交也。

自此或十日或五日，必遣人来招。喜或自放小艇，亲至河干迎接。余每去，必偕秀峰，不邀他客，不另放艇。一夕之欢，番银四圆而已。秀峰今翠明红，俗谓之跳槽，甚至一招两妓。余则惟喜儿一人，偶独往，或小酌于平台，或清谈于寮内，不令唱歌，不强多饮，温存体恤，一艇怡然，邻妓皆羡之。有空闲无客者，知余在寮，必来相访。合帮之妓无一不识，每上其艇，呼余声不绝，余亦左顾右盼，应接不暇，此虽挥霍万金所不能致者。余四月在彼处，共费百余金，得尝荔枝鲜果，亦生平快事。后鸨儿欲索五百金，强余纳喜，余患其扰，遂图归计。秀峰迷恋于此，因劝其购一妾，仍由原路返吴。

明年，秀峰再往，吾父不准偕游，遂就青浦杨明府之聘。及秀峰归，述及喜儿因余不往，几寻短见。噫！"半年一觉扬帮梦，赢得花船薄幸名"矣！

余自粤东归来，馆青浦两载，无快游可述。未几，芸、憨相遇，物议沸腾，芸以激愤致病。余与程墨安设一书画铺于家门之侧，聊佐荡①药之需。

中秋后二日，有吴云客偕毛忆香、王星烂邀余游西山小静室，余适腕底无闲，嘱其先往。吴曰："子能出城，明午当在

---

① 荡：通"汤"。

山前水踏桥之来鹤庵相候。"余诺之。

越日，留程守铺。余独步出阊门，至山前，过水踏桥，循田塍而西。见一庵南向，门带清流，剥琢问之。应曰："客何来？"余告之。笑曰："此'得云'也，客不见匾额乎？'来鹤'已过矣！"余曰："自桥至此，未见有庵。"其人回指曰："客不见土墙中森森多竹者，即是也。"余乃返，至墙下。小门深闭，门隙窥之，短篱曲径，绿竹猗猗，寂不闻人语声，叩之亦无应者。一人过，曰："墙穴有石，敲门具也。"余试连击，果有小沙弥出应。

余即循径入，过小石桥，向西一折，始见山门，悬黑漆额粉书"来鹤"二字，后有长跋，不暇细观。入门经韦陀殿，上下光洁，纤尘不染，知为好静室。忽见左廊又一小沙弥奉壶出，余大声呼问，即闻室内星烂笑曰："何如？我谓三白决不失信也！"旋见云客出迎，曰："候君早膳，何来之迟？"一僧继其后，向余稽首，问知为竹逸和尚。

入其室，仅小屋三椽，额曰"桂轩"，庭中双桂盛开。星烂、忆香群起嚷曰："来迟罚三杯！"席上荤素精洁，酒则黄白俱备。余问曰："公等游几处矣？"云客曰："昨来已晚，今晨仅到得云、河亭耳。"欢饮良久。饭毕，仍自得云、河亭共游八九处，至华山而止。各有佳处，不能尽述。

华山之顶有莲花峰，以时欲暮，期以后游。桂花之盛至此为最，就花下饮清茗一瓯，即乘山舆，径回"来鹤"。桂轩之东，另有临洁小阁，已杯盘罗列。竹逸寡言静坐，而好客善饮。始则折桂催花，继则每人一令，二鼓始罢。余曰："今夜月色甚佳，即此酣卧，未免有负清光。何处得高旷地，一玩月色，庶不虚此良夜也？"竹逸曰："放鹤亭可登也。"云客曰："星烂抱得琴来，未闻绝调，到彼一弹何如？"乃偕往，但见木犀香里，一路霜林，月下长空，万籁俱寂。星烂弹《梅花三弄》，飘飘欲仙。忆香亦兴发，袖出铁笛，呜呜而吹之。云客曰："今夜石湖看月者，谁能如吾辈之乐哉？"盖吾苏八月十八日石湖行春桥下有看串月胜会，游船排挤，彻夜笙歌，名虽看月，实则挟妓哄饮而已。未几，月落霜寒，兴阑归卧。

明晨，云客谓众曰："此地有'无隐庵'，极幽僻，君等有到过者否？"咸对曰："无论未到，并未尝闻也。"竹逸曰："无隐四面皆山，其地甚僻，僧不能久居。向年曾一至，已坍废，自尺木彭居士重修后，未尝往焉。今犹依稀识之。如欲往游，请为前导。"忆香曰："枵腹去耶？"竹逸笑曰："已备素面矣，再令道人携酒盒相从也。"面毕，步行而往。过高义园，云客欲往白云精舍，入门就坐。一僧徐步出，向云客拱手曰："违教两月，城中有何新闻？抚军在辕否？"忆香忽起曰："秃！"拂袖径出。余与星烂忍笑随之，云客、竹逸酬答数语，亦辞出。

高义园即范文正公①墓，白云精舍在其旁。一轩面壁，上悬藤萝，下凿一潭，广丈许，一泓清碧，有金鳞游泳其中，名曰"钵盂泉"。竹炉茶灶，位置极幽。轩后于万绿丛中，可瞰范园之概。惜衲子俗，不堪久坐耳。

是时由上沙村过鸡笼山，即余与鸿干登高处也。风物依然，鸿干已死，不胜今昔之感。正惆怅间，忽流泉阻路不得进，有三五村童掘菌子于乱草中，探头而笑，似讶多人之至此者。询以无隐路，对曰："前途水大不可行，请返数武，南有小径，度岭可达。"从其言。度岭南行里许，渐觉竹树丛杂，四山环绕，径满绿茵，已无人迹。竹逸徘徊四顾，曰："似在斯，而径不可辨，奈何？"余乃蹲身细瞩，于千竿竹中隐隐见乱石墙舍，径拨丛竹间，横穿入觅之，始得一门，曰"无隐禅院，某年月日南园老人彭某重修"。众喜曰："非君则武陵源②矣！"

山门紧闭，敲良久，无应者。忽旁开一门，呀然有声，一鹑衣少年出，面有菜色，足无完履，问曰："客何为者？"竹逸稽首曰："慕此幽静，特来瞻仰。"少年曰："如此穷山，僧散无人接待，请觅他游。"言已，闭门欲进。云客急止之，许以启门放游，必当酬谢。少年笑曰："茶叶俱无，恐慢客耳，岂

---

① 范文正公：北宋文学家范仲淹，死后谥号为文正。
② 武陵源：桃花源的别称。

望酬耶？"

山门一启，即见佛面，金光与绿阴相映，庭阶石础苔积如绣，殿后台级如墙，石栏绕之。循台而西，有石形如馒头，高二丈许，细竹环其趾。再西折北，由斜廊蹑级而登，客堂三楹，紧对大石。石下凿一小月池，清泉一派，荇藻交横。堂东即正殿，殿左西向为僧房厨灶，殿后临峭壁，树杂阴浓，仰不见天。

星烂力疲，就池边小憩，余从之。将启盒小酌，忽闻忆香在树杪，呼曰："三白速来，此间有妙境！"仰而视之，不见其人，因与星烂循声觅之。由东厢出一小门，折北，有石蹬如梯，约数十级。于竹坞中瞥见一楼。又梯而上，八窗洞然，额曰"飞云阁"。四山抱列如城，缺西南一角，遥见一水浸天，风帆隐隐，即太湖也。倚窗俯视，风动竹梢，如翻麦浪。忆香曰："何如？"余曰："此妙境也。"忽又闻云客于楼西呼曰："忆香速来，此地更有妙境！"因又下楼，折而西，十余级，忽豁然开朗，平坦如台。度其地，已在殿后峭壁之上，残砖缺础尚存，盖亦昔日之殿基也。周望环山，较阁更畅。忆香对太湖长啸一声，则群山齐应。乃席地开樽，忽愁枵腹，少年欲烹焦饭代茶，随令改茶为粥，邀与同啖。询其何以冷落至此，曰："四无居邻，夜多暴客，积粮时来强窃，即植蔬果，亦半为樵子所有。此为崇宁寺下院，长厨中月送饭干一石、盐菜一坛而已。某为彭姓裔，暂居看守，行将归去，不久当无人迹矣。"

云客谢以番银一圆。返至"来鹤",买舟而归。余绘《无隐图》一幅,以赠竹逸,志快游也。

是年冬,余为友人作中保所累,家庭失欢,寄居锡山华氏。明年春,将之维扬而短于资,有故人韩春泉在上洋幕府,因往访焉。衣敝履穿,不堪入署,投札约晤于郡庙园亭中。及出见,知余愁苦,慨助十金。园为洋商捐施而成,极为阔大,惜点缀各景,杂乱无章,后叠山石,亦无起伏照应。

归途忽思虞山之胜,适有便舟附之。时当春仲,桃李争妍,逆旅行踪,苦无伴侣,乃怀青铜三百,信步至虞山书院。墙外仰瞩,见丛树交花,娇红稚绿,傍水依山,极饶幽趣。惜不得其门而入,问途以往,遇设篷瀹茗①者,就之。烹碧罗春,饮之极佳。询虞山何处最胜,一游者曰:"从此出西关,近剑门,亦虞山最佳处也。君欲往,请为前导。"余欣然从之。出西门,循山脚,高低约数里,渐见山峰屹立,石作横纹。至则一山中分,两壁凹凸,高数十仞,近而仰视,势将倾堕。其人曰:"相传上有洞府,多仙景,惜无径可登。"余兴发,挽袖卷衣,猿攀而上,直造其巅。所谓洞府者,深仅丈许,上有石罅,洞然见天。俯首下视,腿软欲堕。乃以腹面壁,依藤附蔓而下。其人叹曰:"壮哉!游兴之豪,未见有如君者。"余口渴思饮,邀其人就野店沽饮三杯。阳乌将落,未得遍游,拾赭石

---

① 瀹(yuè)茗:煮茶。

十余块,怀之归寓。负笈搭夜航至苏,仍返锡山。此余愁苦中之快游也。

嘉庆甲子春,痛遭先君之变,行将弃家远遁,友人夏揖山挽留其家。秋八月,邀余同往东海永泰沙勘收花息①。沙隶崇明。出刘河口,航海百余里。新涨初辟,尚无街市,茫茫芦荻,绝少人烟。仅有同业丁氏仓库数十椽,四面掘沟河,筑堤栽柳绕于外。丁字实初,家于崇,为一沙之首户;司会计者姓王。俱家爽好客,不拘礼节。与余乍见即同故交。宰猪为飨,倾瓮为饮。令则拇战,不知诗文;歌则号呶②,不讲音律。酒酣,挥工人舞拳相扑为戏。蓄牯牛百余头,皆露宿堤上。养鹅为号,以防海盗。日则驱鹰犬猎于芦丛沙渚间,所获多飞禽。余亦从之驰逐,倦则卧。

引至园田成熟处,每一字号圈筑高堤,以防潮汛。堤中通有水窦,用闸启闭,旱则涨潮时启闸灌之,潦则落潮时开闸泄之。佃人皆散处如列星,一呼俱集,称业户曰"产主",唯唯听命,朴诚可爱。而激之非义,则野横过于狼虎;幸一言公平,率然拜服。风雨晦明,恍同太古。卧床外瞩即睹洪涛,枕畔潮声如鸣金鼓。一夜,忽见数十里外有红灯,大如栲栳③,浮于海中,又见红光烛天,势同失火。实初曰:"此处起现神

---

① 花息:利息。
② 号呶(náo):喧嚣叫嚷。
③ 栲(kǎo)栳(lǎo):用柳条编成的盛物器具,亦称笆斗。

灯神火，不久又将涨出沙田矣。"揖山兴致素豪，至此益放。余更肆无忌惮，牛背狂歌，沙头醉舞，随其兴之所至，真生平无拘之快游也。事竣，十月始归。

吾苏虎丘之胜，余取后山之"千顷云"一处，次则"剑池"而已，余皆半借人工，且为脂粉所污，已失山林本相。即新起之白公祠、塔影桥，不过留雅名耳。其"冶坊滨"，余戏改为"野芳滨"，更不过脂乡粉队，徒形其妖冶而已。其在城中最著名之狮子林，虽曰云林手笔，且石质玲珑，中多古木，然以大势观之，竟同乱堆煤渣，积以苔藓，穿以蚁穴，全无山林气势。以余管窥所及，不知其妙。灵岩山，为吴王馆娃宫故址，上有西施洞、响屐廊、采香径诸胜，而其势散漫，旷无收束，不及天平支硎之别饶幽趣。邓尉山一名元墓，西背太湖，东对锦峰，丹崖翠阁，望如图画。居人种梅为业，花开数十里，一望如积雪，故名"香雪海"。山之左有古柏四树，名之曰"清、奇、古、怪"：清者，一株挺直，茂如翠盖；奇者，卧地三曲，形同"之"字；古者，秃顶扁阔，半朽如掌；怪者，体似旋螺，枝干皆然。相传汉以前物也。

乙丑孟春，揖山尊人莼芗先生偕其弟介石，率子侄四人，往幞山家祠春祭，兼扫祖墓，招余同往。顺道先至灵岩山，出虎山桥，由费家河进"香雪海"观梅。幞山祠宇即藏于"香雪海"中，时花正盛，咳吐俱香。余曾为介石画《幞山风木图》十二册。

是年九月，余从石琢堂殿撰赴四川重庆府之任。溯长江而上，舟抵皖城。皖山之麓，有元季忠臣余公①之墓，墓侧有堂三楹，名曰"大观亭"。面临南湖，背倚潜山。亭在山脊，眺远颇畅。旁有深廊，北窗洞开，时值霜时初红，烂如桃李。同游者为蒋寿朋、蔡子琴。南城外又有王氏园，其地长于东西，短于南北，盖北紧背城，南则临湖故也。既限于地，颇难位置，而观其结构，作重台叠馆之法。重台者，屋上作月台为庭院，叠石栽花于上，使游人不知脚下有屋。盖上叠石者则下实，上庭院者则下虚，故花木仍得地气而生也。叠馆者，楼上作轩，轩上再作平台。上下盘折，重叠四层，且有小池，水不漏泄，竟莫测其何虚何实。其立脚全用砖石为之，承重处仿照西洋立柱法。幸面对南湖，目无所阻，骋怀游览，胜于平园，真人工之奇绝者也。

武昌黄鹤楼在黄鹄矶上，后拖黄鹄山，俗呼为蛇山。楼有三层，画栋飞檐，倚城屹峙，面临汉江，与汉阳晴川阁相对。余与琢堂冒雪登焉，俯视长空，琼花飞舞，遥指银山玉树，恍如身在瑶台。江中往来小艇，纵横掀播，如浪卷残叶，名利之心至此一冷。壁间题咏甚多，不能记忆，但记楹对有云："何时黄鹤重来，且共倒金樽，浇洲渚千年芳草；但见白云飞去，更谁吹玉笛，落江城五月梅花？"

---

① 余公：即余阙，字天心，元顺帝元统年间进士，官至监察御史。

黄州赤壁在府城汉川门外，屹立江滨，截然如壁。石皆绛色，故名焉。《水经》渭之赤鼻山，东坡游此作二赋，指为吴魏交兵处，则非也。壁下已成陆地，上有二赋亭。

是年仲冬，抵荆州。琢堂得升潼关观察之信，留余住荆州，余以未得见蜀中山水为怅。时琢堂入川，而哲嗣①敦夫眷属及蔡子琴、席芝堂俱留于荆州，居刘氏废园。余记其厅额曰"紫藤红树山房"。庭阶围以石栏，凿方池一亩；池中建一亭，有石桥通焉。亭后筑土垒石，杂树丛生。余多旷地，楼阁俱倾颓矣。客中无事，或吟或啸，或出游，或聚谈。岁暮虽资斧不继，而上下雍雍，典衣沽酒，且置锣鼓敲之。每夜必酌，每酌必令。窘则四两烧刀，亦必大施觞政。遇同乡蔡姓者，蔡子琴与叙宗系，乃其族子也。倩其导游名胜，至府学前之曲江楼。昔张九龄②为长史时，赋诗其上。朱子③亦有诗曰："相思欲回首，但上曲江楼。"城上又有雄楚搂，五代时高氏所建。规模雄峻，极目可数百里。绕城傍水，尽植垂杨，小舟荡桨往来，颇有画意。荆州府署即关壮缪④帅府，仪门内有青石断马槽，相传即赤兔马食槽也。访罗含⑤宅于城西小湖上，不遇。又访

---

① 哲嗣：敬称他人之子。
② 张九龄：唐代政治家、文学家。
③ 朱子：即宋代理学家朱熹。
④ 关壮缪：即关羽。
⑤ 罗含：东晋思想家、文学家，中国山水散文的创作先驱。

宋玉故宅于城北。昔庾信遇侯景之乱①，遁归江陵，居宋玉故宅，继改为酒家，今则不可复识矣。

是年大除，雪后极寒。献岁②发春③，无贺年之扰，日惟燃纸炮、放纸鸢、扎纸灯以为乐。既而风传花信，雨濯春尘，琢堂诸姬携其少女幼子顺川流而下，敦夫乃重整行装，合帮而走。由樊城登陆，直赴潼关。

由山南阌乡县西出函谷关，有"紫气东来"四字，即老子乘青牛所过之地。两山夹道，仅容二马并行。约十里即潼关，左背峭壁，右临黄河，关在山河之间扼喉而起，重楼垒垛，极其雄峻。而车马寂然，人烟亦稀。昌黎诗曰："日照潼关四扇开。"殆亦言其冷落耶？

城中观察之下，仅一别驾。道署紧靠北城，后有园圃，横长约三亩。东西凿两池，水从西南墙外而入，东流至两池间，支分三道：一向南至大厨房，以供日用；一向东入东池；一向北折西，由石螭口中喷入西池，绕至西北，设闸泄泻，由城脚转北，穿窦而出，直下黄河。日夜环流，殊清人耳。竹树阴浓，仰不见天。西池中有亭，藕花绕左右。东有面南书室三间，庭有葡萄架，下设方石，可弈可饮。以外皆菊畦。西有面

---

① 侯景之乱：指南北朝时期南朝梁将领侯景发动的武装叛乱事件。
② 献岁：进入新的一年，岁首正月。
③ 发春：这里指农历正月。

东轩屋三间,坐其中可听流水声。轩南有小门可通内室。轩北窗下另凿小池,池之北有小庙,祀花神。园正中筑三层楼一座,紧靠北城,高与城齐,俯视城外即黄河也。河之北,山如屏列,已属山西界。真洋洋大观也!余居园南,屋如舟式,庭有土山,上有小亭,登之可览园中之概。绿阴四合,夏无暑气。琢堂为余额其斋曰"不系之舟"。此余幕游以来第一好居室也。土山之间,艺菊数十种,惜未及含葩,而琢堂调山左廉访矣。眷属移寓潼川书院,余亦随往院中居焉。

琢堂先赴任,余与子琴、芝堂等无事,辄出游。乘骑至华阴庙。过华封里,即尧时三祝①处。庙内多秦槐汉柏,大皆三四抱,有槐中抱柏而生者,柏中抱槐而生者。殿廷古碑甚多,内有陈希夷②书"福""寿"字。华山之脚有玉泉院,即希夷先生化形骨蜕处。有石洞如斗室,塑先生卧像于石床。其地水净沙明,草多绛色,泉流甚急,修竹绕之。洞外一方亭,额曰"无忧亭"。旁有古树三株,纹如裂炭,叶似槐而色深,不知其名,土人即呼曰"无忧树"。太华之高不知几千仞,惜未能裹粮往登焉。归途见林柿正黄,就马上摘食之,土人呼止,弗听,嚼之涩甚,急吐去。下骑觅泉漱口,始能言。土人大笑。

---

① 尧时三祝:《庄子·天地篇》曰:"华封人见尧,祝使圣人寿、福、多男子三事也。"

② 希夷:宋初道士陈抟,长寿,传说他一睡就睡一百多天,被宋太宗赐号希夷先生。

盖柿须摘下煮一沸,始去其涩,余不知也。

十月初,琢堂自山东专人来接眷属,遂出潼关,由河南入鲁。山东济南府城内,西有大明湖,其中有历下亭、水香亭诸胜。夏月柳阴浓处,菡萏香来,载酒泛舟,极有幽趣。余冬日往视,但见衰柳寒烟,一水茫茫而已。趵突泉为济南七十二泉之冠,泉分三眼,从地底怒涌突起,势如腾沸。凡泉皆从上而下,此独从下而上,亦一奇也。池上有楼,供吕祖像,游者多于此品茶焉。明年二月,余就馆莱阳。至丁卯秋,琢堂降官翰林,余亦入都。所谓登州海市,竟无从一见。

浮生六记卷五

中山记历

嘉庆四年，岁在己未，琉球国中山王尚穆薨。世子尚哲，先七年卒，世孙尚温，表请袭封。中朝怀柔远藩，锡以恩命，临轩召对，特简儒臣。

于是，赵介山先生，名文楷，太湖人，官翰林院修撰，充正使。李和叔先生，名鼎元，绵州人，官内阁中书，副焉。介山驰书约余偕行，余以高堂垂老，惮于远游。继思游幕二十年，遍窥两戒①，然而尚囿方隅之见，未观域外，更历瀛溟②之胜，庶广异闻。禀商吾父，允以随往。从客凡五人：王君文浩，秦君元钧，缪君颂，杨君华才，其一即余也。

---

① 两戒：国家疆域的南北界限。
② 瀛溟：水渺远貌。

五年五月朔日，随荡节以行，祥飙送风，神鱼扶舳，计六昼夜，径达所届。凡所目击，咸登掌录。志山水之丽崎，记物产之瑰怪，载官司之典章，嘉士女之风节。文不矜奇，事皆记实。自惭谫陋①，甘贻测海之嗤；要堪传信，或胜凿空之说云尔。

　　五月朔日，恰逢夏至，袯被登舟。向来封中山王，去以夏至，乘西南风，归以冬至，乘东北风，风有信也。舟二，正使与副使共乘其一。舟身长七尺，首尾虚艄三丈，深一丈三尺，宽二丈二尺，较历来封舟，几小一半。前后各一桅，长六丈有奇，围三尺；中舱前一桅，长十丈有奇，围六尺，以番木为之。通计二十四舱，舱底贮石，载货十一万斤有奇。龙口置大炮一，左右各置大炮二，兵器贮舱内。大桅下，横大木为辘轳，移炮升篷皆仗之。辇以数十人，舱面为战台，尾楼为将台，立帜列藤牌，为使臣厅事。下即舵楼，舵前有小舱，实以沙布针盘。中舱梯而下，高可六尺，为使臣会食地。前舱贮火药贮米，后以居兵。稍后为水舱，凡四井。二号船称是。每船约二百六十余人，船小人多，无立锥处。风信已届，如欲易舟，恐延时日也。

　　初二日午刻，移泊鳌门。申刻，庆云见于西方，五色轮

---

① 谫陋：浅陋。

囷①,适与楼船旗帜上下辉映,观者莫不叹为奇瑞。或如玄圭,或如白珂,或如灵芝,或如玉禾②,或如绛绡,或如紫绔,或如文杏之叶,或如含桃之颗,或如秋原之草,或如春湘之波。向读屠长卿③赋,今始知其形容之妙也。画士施生,为《航海行乐图》,甚工。余见兹图,遂乃搁笔。香崖虽善画,亦不能办此。

初四日亥刻起碇,乘潮至罗星塔。海阔天空,一望无际。余妇芸娘,昔游太湖,谓得天地之宽,不虚此生,使观于海,其愉快又当何如?

初九日卯刻,见彭家山,列三峰,东高而西下。申刻,见钓鱼台,三峰离立,如笔架,皆石骨。惟时水天一色,舟平而驶,有白鸟无数,绕船而送,不知所自来。入夜,星影横斜,月光破碎,海面尽作火焰,浮沉出没,木华《海赋》④所谓"阴火潜然"者也。

初十日辰正,见赤尾屿。屿方而赤,东西凸而中凹,凹中又有小峰二。船从山北过,有大鱼二,夹舟行,不见首尾,脊黑而微绿,如十围枯木,附于舟侧。舟人以为风暴将起,鱼先来护。午刻,大雷雨以震,风转东北,舵无主,舟转侧甚危。

---

① 轮囷(qūn):硕大的样子。
② 玉禾:即玉山禾,传说中昆仑山的木禾。
③ 屠长卿:明代文学家、戏曲家屠隆。
④ 木华:西晋辞赋家,仅存《海赋》一篇,描写大海的各种景象。

幸而大鱼附舟，尚未去。忽闻霹雳一声，风雨顿止。申刻，风转西南且大，合舟之人，举手加额，咸以为有神助。得二诗以志之。诗云："平生浪迹遍齐州，又附星槎作远游。鱼解扶危风转顺，海云红处是琉球。""白浪滔滔撼大荒，海天东望正茫茫。此行足壮书生胆，手挟风雷意激长。"自谓颇能写出尔时光景。

十一日午刻，见姑米山，山共八岭，岭各一二峰，或断或续。未刻，大风暴雨如注，然雨虽暴而风顺。酉刻，舟已近山。琉球人以姑米多礁，黑夜不敢进，待明而行，亦不下碇，但将篷收回，顺风而立，则舟荡漾而不能退。戌刻，舟中举号火，姑米山有火应之。询知为球人暗令，日则放炮，夜则举火，仪注①所谓得信者，此也。

十二日辰刻，过马齿山。山如犬羊相错，四峰离立，若马行空。计又行七更，船再用甲寅针②，取那霸港，回望见迎封船在后，共相庆幸。历来针路所见，尚有小琉球、鸡笼山、黄麻屿，此行俱未见。问知琉球伙长，年已六十，往来海面八次，每度细审得其准的，以为不出辰卯二位，而乙卯位单，乙针尤多，故此次最为简捷，而所见亦仅三山，即至姑米。针则

---

① 仪注：制度、仪节。

② 甲寅针：明清用于海上导航的罗盘是二十四方位水罗盘，这种技术利用八个天干（十个天干减去位于中间的"戊""己"）、十二个地支及八卦的四个方位，将航海罗盘圆周分为二十四等分，使方向能够准确的指示出来。甲寅针，指罗盘上显示偏于某个度数的方向。

开洋用单辰，行七更后，用乙卯，自后尽用乙，过姑米，乃用乙卯，惟记更以香，殊难凭准。念五虎门至官塘，里有定数，因就时辰表按时计里，每时约行百有十里。自初八日未时开洋，讫十二日辰时，计共五十八时。初十日暴风停两时，十一日夜畏触礁停三时，实行五十三时，计程应得五千八百三十里，计到那霸港，实洋面六千里有奇。据琉球伙长云：海上行舟，风小固不能驶，风过大亦不能驶。风大则浪大，浪大力能雍船，进尺仍退二寸。惟风七分，浪五分，最宜驾驶，此次是也。从来渡海，未有平稳而驶如此者。于时球人驾独木船数十，以纤挽舟而行，迎封三接如仪。辰刻，进那霸港。先是，二号船于初十日望不见，至是乃先至，迎封船亦随后至，齐泊临海寺前。伙长云：从未有三舟齐到者。

午刻登岸，倾国人士，聚观于路，世孙率百官迎诏如仪。世孙年十七，白皙而丰颐，仪度雍容，善书，颇得松雪笔意。按《中山世鉴》：隋使羽骑尉朱宽至国，于万涛间见地形如虬龙浮水，始曰"流虬"，而《隋书》又作"流求"，《新唐书》作"流鬼"，《元史》又作"璃求"，明复作"琉球"。《世鉴》又载：元延祐元年，国分为三余里，凡十八国，或称山南王，或称山北王。余于中山南山游历几遍，大村不及二里，而即谓之国，得勿夸大乎？琉人每言大风，必曰台飓。按韩昌黎诗："雷霆逼飓䫻[1]。"是与飓同称者为䫻。《玉篇》："䫻，大风也，

---

[1] 䫻（yù）：大风。

于笔切。"《唐书·百官志》："有飓海道。或系球人误书。"《隋书》称琉球有虎狼熊罴，今实无之。又云无牛羊驴马，驴诚无，而六畜无不备，乃知书不可尽信也。

天使馆西向，仿中华廨署，有旗竿二，上悬册封黄旗。有照墙，有东西辕门，左右有鼓亭，有班房。大门署曰"天使馆"，门内廊房各四楹。仪门署曰"天泽门"，万历中使臣夏子阳题，年久失去，前使徐葆光补出。门内左右各十一间，中有甬道，道西榕树一株，大可十围，徐公手植。最西者为厨房，大堂五楹，署曰"敷命堂"，前使汪楫题。稍北葆光额曰"皇纶三锡"。堂后有穿堂直达二堂，堂五楹，中为副使会食之地，前使周公署曰"声教东渐"。左右即寝室。堂后南北各一楼，南楼为正使所居，汪楫额曰"长风阁"，北楼为副使所居，前使林麟焻额曰"停云楼"，额北有诗碑，乃海山先生所题也。周砺礁石为垣，望同百雉。垣上悉植火凤，干方，无花有刺，似霸王鞭，叶似慎火草，俗谓能避火，名吉姑罗。南院有水井。楼皆上覆瓦，下砌方砖。院中平似沙，桌椅床帐，悉仿中国式，寄尘得诗四首，有句云："相看楼阁云中出，即是蓬莱岛上居。"又有句云："一舟剪径凭风信，五日飞帆驻月楂。"皆真情真境也。

孔子庙在久米村，堂三楹，中为神座，如王者垂旒搢圭，而署其主曰"至圣先师孔子神位"。左右两龛，龛二人立侍，各手一经，标曰《易》《书》《诗》《春秋》，即所谓四配也。堂外为台，台东西拾级以登，栅如棂星门①。中仿戟门，半树塞以止行者。其外临水为屏墙。堂之东为明伦堂，堂北祀启圣。久米士之秀者，皆肆业其中，择文理精通者为师，岁有廪给，丁祭②一如中国仪。敬题一诗云："洋溢声名四海驰，岛邦也解拜先师。庙堂肃穆垂旒冕，圣教如今洽九夷。"用伸仰止之忱。

　　国中诸寺，以圆觉为大。渡观莲塘桥，亭供辩才天女，云即斗姥。将入门，有池曰"圆鉴"，荇藻交横，芰荷半倒。门高敞，有楼翼然。左右金刚四，规格略仿中国。佛殿七楹。更进，大殿亦七楹，名龙渊殿。中为佛堂，左右奉木主，亦祀先王神位，兼祀祧主③。左序为方丈，右序为客座，皆设席，周缘以布，下衬极平而净，名曰"踏脚绵"。方丈前为"蓬莱庭"。左为"香积厨"，侧有井，名"不冷泉"。客座右为古松岭，异石错舛，列于松间。左厢为僧寮，右厢为"狮子窟"。僧寮南有乐楼，楼南有园，饶花木，此乃圆觉寺之胜概也。

　　又有护国寺，为国王祷雨之所。龛内有神，黑而裸，手剑立，状甚狰狞。有钟，为前明景泰七年铸。寺后多凤尾蕉，一名铁树。又有天王寺，有钟，亦为景泰七年铸。又有定海寺，有钟，为前明天顺三年铸。至于龙渡寺、善兴寺、和光寺，荒

---

　　①　棂（líng）星门：旧时学宫孔庙的外门。
　　②　丁祭：旧时于每年二月、八月第一个丁日祭祀孔子。
　　③　祧（tiāo）主：远祖庙的神主。

废无可述者。

此邦海味，颇多特产，为中国之所罕见。一石𩶁，似墨鱼而大，腹圆如蜘蛛，双须八手，攒生两肩，有刺类海参，无足无鳞介如鲍鱼。登莱有所谓八带鱼者，以形考之，殆是石𩶁，或即乌贼之别种欤？一海蛇，长三尺，僵直如朽索，色黑，状狰狞，土人云能杀虫、疗痼、已病，殆永州异蛇类，土俗甚重之，以为贵品。一海胆，如蛹，剥皮去肉，捣成泥，盛以小瓶，可供馔。一寄生螺，大小不一，长圆各异，皆负壳而行。螺中有蟹，两螯八跪，跪四大四小，以大跪行，螯一大一小，小者常隐，大者以取食，触之则大跪尽缩，以一大螯拒户，蟹也而有螺性。《海赋》所云"璅蛣腹蟹"，岂其类欤？《太平广记》谓蟹入螺中，似先有蟹。然取置碗中以观其求脱之势，力猛壳脱，顷刻死，则又与壳相依为命。造物不测，难以臆度也。一沙蟹，阔而薄，两螯大于身，甲小而缺其前，缩两螯以补之，若无缝，八跪特短，脐无甲，尖团莫辨，见人则凹双睛，噀水高寸许，似善怒。养以沙水，经十余日，不食亦不死。一蚶，径二尺以上，围五尺许，古人所谓"屋瓦子"，以壳形凹凸，像瓦屋也。一海马肉，薄片回屈如刨花，色如片茯苓，品之最贵者，不易得，得则先以献王。其状鱼身马首，无毛而有足，皮如江豚。此皆海味之特产也。

此邦果实，亦有与中国不同者。蕉实状如手指，色黄，味甘，瓣如柚，亦名甘露。初熟色青，以糖覆之则黄，其花红，一穗数尺，瓤须五六出，岁实为常，实如其须之数。中国亦有蕉，不闻岁结实，亦无有抽其丝作布者，或其性殊欤？

布之原料，与制布之法，亦有与中国异者。一曰蕉布，米色，宽一尺，乃芭蕉沤抽其丝织成，轻密如罗。一曰苎布，白而细，宽尺二寸，可敌棉布。一曰丝布，折而棉软，苎经而丝纬，品之最尚者。《汉书》所谓"蕉筒荃葛"，即此类也。一曰麻布，米色而粗，品最下矣。国人善印花，花样不一，皆剪纸为范，加范于布，涂灰焉，灰干去范，乃着色，干而浣之，灰去而花出，愈浣而愈鲜，衣敝而色不退。此必别有制法，秘不语人，故东洋花布，特重于闽也。

此邦草木，多与中国异称，惜未携《群芳谱》来，一一辨证之耳。"罗汉松"谓之樫木，"冬青"谓之福木，"万寿菊"谓之禅菊。"铁树"谓之凤尾蕉，以叶对出形似也；亦谓之海棕榈，以叶盖头形似也。有携至中华以为盆玩者，则谓之万年棕云。凤梨开花者谓之男木，白瓣若莲，颇香烈，不实；无花者谓之女木，而实大，如瓜可食。或云即波罗蜜别种，球人又谓之"阿旦呢"。月橘，谓之十里香，叶如枣，小白花，甚芳烈，实如天竹子，稍大。闻二月中红，累累满树，若火齐然，惜余未及见也。球阳地气多暖，时届深秋，花草不杀，蚊雷不收，荻花盛开。野牡丹二三月开，至八月复花累累如铃铎，素瓣，紫晕，檀心，圆而大，颇芳烈。佛桑四季皆花，有白色，有深红、粉红二色。因得一诗，诗云："偶随使节泛仙槎，日日春游玩物毕。天气常如二三月，山林不断四时花。"亦真情真景也。

球人嗜兰，谓之孔子花，陈宅尤多异产。有风兰，叶较兰稍长，篾竹为盆，挂风前，即蕃衍。有名护兰，叶类桂而厚，稍长如指，花一箭八九出，以四月开，香胜于兰，出名护岳岩石间，不假水土，或寄树桠，或裹以棕而悬之，无不茂。有粟兰，一名芷兰，叶如凤尾花，作珍珠状。有棒兰，绿色，茎如珊瑚，无叶，花出桠间，如兰而小，亦寄树活。又有西表松兰、竹兰之目，或致自外岛，或取之岩间，香皆不减兰也。因得一诗，诗云："移根绝岛最堪夸，道是森森阙里花。不比寻常凡草木，春风一到即繁华。"题诗既毕，并为写生，愧无黄筌①之妙笔耳。

沿海多浮石，嵌空玲珑，水击之，声作钟磬，此与中国彭蠡之口石钟山相似。

闲居无可消遣，与施生弈，用琉球棋子。白者磨螺之封口石为之，内地小螺拒户有圆壳，海蝛大者，其拒户之壳，厚五六分，径二寸许，圆白如砗磲，土人名曰"封口石"。黑者磨苍石为之，子径六分许，围二寸许，中凹而四周削，无正背面，不类云南子式。棋盘以木为之，厚八寸，四足，足高四寸，面刻棋路。其俗好弈，举棋无不定之说，颇亦有国手，局

---

① 黄筌：五代后蜀画家，善花鸟。

终数空眼多少，不数实子，数正同。相传国中供奉棋神，画女相如仙子，不令人见，乃国中雅尚也。

六月初八日辰刻，正副使恭奉谕祭文及祭银焚帛，安放龙彩亭内，出天使馆东行，过久米林、泊村至安里桥，即真玉桥，世孙跪接如仪，即导引入庙。礼毕，引观先王庙。正庙七楹，正中向外，通为一龛，安奉诸王神位。左昭自舜马至尚穆，共十六位，右穆自义本至尚敬，共十五位。是日球人观者，弥山匝地，男子跪于道左，女子聚立远观。亦有施帷挂竹帘者，土人云系贵官眷属。女皆黥首指节为饰，甚者全黑，少者间作梅花斑。国俗不穿耳，不施脂粉，无珠翠首饰。人家门户，多树石敢当碣，墙头多植吉姑罗，或楳树，剪剔极齐整。

国人呼中国为唐山，呼华人为唐人。

球地皆土沙，雨过即可行，无泥泞。奥山有却金亭，前明册使陈给事侃归时却金，故国人造亭以表之。

辨岳，在王宫东南三里许，过圆觉寺，从山脊行，水分左右，堪舆家谓之过峡，中山来脉也。山大小五峰，最高者谓之辨岳，灌木密覆，前有石柱二，中置栅二，外板阁二。少左，有小石塔，左右列石案五。折而东，数十级至顶，有石垆二，西祭山，东祭海岳之神，曰祝，祝谓是天孙氏第二女云。国王受封，必斋戒亲祭。正五九月，祭山海及护国神，皆在辨岳也。

波上、雪崎及龟山，余已游遍，而要以鹤头为最胜。随正副使往游，陟其巅，避日而坐，草色粘天，松阴匝地，东望辨岳，秀出天半，王宫历历如画。其南，则近水如湖，远山如岸，丰见城巍然突出，山南王之旧迹犹有存者。西望马齿、姑米，出没隐见，若近若远，封舟之来路也。北俯那霸、久米，人烟辐辏①，举凡山川灵异，草木阴翳，鱼鸟沉浮，云烟变幻，莫不争奇献巧，毕集目前。乃知前日之游，殊为鲁莽。梁大夫小具盘樽，席地而饮，余亦趣仆以酒肴至。未申之交，凉风乍生，微雨将洒，乃移樽登舟。时海潮正涨，沙岸弥漫，遂由奥山南麓折而东北，山石嵌空欲落，海燕如鸥，渔舟似织。俄而返照入山，冰轮出水，水鳐无数，飞射潮头。与介山举觞弄月，击楫而歌，樽不空，客皆醉。越渡里村，漏已三下。却金亭前，列炬如昼，迎者倦矣。乃相与步月而归，为中山第一游焉。

　　泉崎桥桥下，为漫湖浒。每当晴夜，双门供月，万象澄清，如玻璃世界，为中山八景之一。旺泉味甘，亦为中山八景之一。王城有亭，依城望远，因小憩亭中，品瑞泉，纵观中山八景。八景者，泉崎夜月、临海潮声、久米村竹篱、龙洞松涛、笋崖夕照、长虹秋霁、城岳灵泉、中岛蕉园也。亭下多棕榈紫竹，竹丛生，高三尺余，叶如棕，狭而长，即所谓观音竹也。亭南有蚶壳，长八尺许，贮水以供盥，知大蚶不易得也。

---

　　① 辐辏：集中，聚集。

国人浣漱不用汤，家竖石桩，置石盂或蚶壳其上贮水。旁置一柄筒，晓起，以筒盛水浇而盥漱之，客至亦然。

地多草，细软如毯，有事则取新沙覆之。国人取玳瑁之甲以为长簪，传到中国，率由闽粤商贩。球人不知贵，以为贱品。昆山之旁，以玉抵鹊①，地使然也。

丰见山顶，有山南王第故城。徐葆光诗有"颓垣宫阙无全瓦，荒草牛羊似破村"之句。王之子孙，今为那姓，犹聚居于此。

辻山，国人读为失山，琉球字皆对音，十失无别，疑迭之误也。副使辑《球雅》，谓一字作二三字读，二三字作一字读者，皆义而非音，即所谓寄语，国人尽知之。音则合百余字或十余字为一音，与中国音迥异。国中惟读书通文理者，乃知对音，庶民皆不知也。久米官之子弟，能言，教以汉语，能书，教以汉文。十岁称"若秀才"，王给米一石。十五薙②发，先谒孔圣，次谒国王，王籍其名，谓之"秀才"，给米三石。长则选为通事，为国中文物声名最，即明三十六姓后裔也。那霸人以商为业，多富室。明洪武初，赐闽人三十六姓善操舟者往来朝贡，国中久米村，梁、蔡、毛、郑、陈、曾、阮、金等姓，乃三十六姓之裔，至今国人重之。

---

① 抵鹊：汉代桓宽《盐铁论·崇礼》："南越以孔雀珥门户，琨山之旁以玉璞抵乌鹊。"本谓中原所贵者，边陲贱之。后以"抵鹊"喻大材小用。

② 薙（tì）发：同"剃发"。

与寄公谈玄理，颇有入悟处，遂与唱和成诗。法司蔡温，紫金大夫程顺则、蔡文溥，三人诗集，有作者气。顺则别著《航海指南》，言渡海事甚悉。蔡温尤肆力于古文，有《蓑翁语录》《至言》等目，语根经学，有道学气，出入二氏之学，盖学朱子而未纯者。

琉球山多瘠硗，独宜薯。父老相传，受封之岁，必有丰年。今岁五月稍旱，幸自后雨不愆期①，卒获大丰，薯可四收，海邦臣民，倍觉欢欣。佥②曰："非受封岁，无此丰年也。"

六月初旬，稻已尽收。球阳地气温暖，稻常早熟，种以十一月，收以五六月。薯则四时皆种，三熟为丰，四熟则为大丰。稻田少，薯田多，国人以薯为命，米则王宫始得食。亦有麦豆，所产不多。五月二十日，国中祭稻神。此祭未行，稻虽登场，不敢入家也。

七月初旬，始见燕，不巢人屋。中国燕以八月归，此燕疑未入中国者，其来以七月，巢必有地。别有所谓海燕，较紫燕稍大，而白其羽，有全白似鸥者，多巢岛中，间有至中国，人皆以为瑞。应潮鸡，雄纯黑，雌纯白，皆短足长尾，驯不避人。香崖购一小犬，而毛豹斑，性灵警，与饭不食，与薯乃

---

① 愆（qiān）期：延误日期。
② 佥：同"签"，这里是占卜的意思。

食，知人皆食薯矣。鼠雀最多，而鼠尤虐。亦有猫，不知捕鼠，邦人以为玩，乃知物性亦随地而变。鹰、雁、鹅、鸭特少。

枕有方如圭者，有圆如轮而连以细轴者，有如文具藏数层者，制特精，皆以木为之，率宽三寸，高五寸，漆其外，或黑或朱，立而枕之，反侧则仆。按《礼记·少仪》注："颖，警枕也。"谓之颖者，颖然警悟也。又司马文正公①以圆木为警枕，少睡则转而觉，乃起读书，此殆警枕之遗。

衣制皆宽博交衽，袖广二尺，口皆不缉，特短袂，以便作事。襟率无钮带，总名衾。男束大带，长丈六尺、宽四寸以为度，腰围四五转，而收其垂于两胁间，烟包、纸袋、小刀、梳、篦之属，皆怀之，故胸前襟带搊②起凸然。其胁下不缝者，惟幼童及僧衣为然。僧别有短衣如背心，谓之断俗，此其概也。帽以薄木片为骨，叠帕而蒙之，前七层，后十一层。花锦帽远望如屋漏痕③者，品最贵，惟摄政王叔国相得冠之；次品花紫帽，法司④冠之；其次则纯紫。大略紫为贵，黄次之，红又次之，青绿斯下。各色又以绫为贵，绢为次。国王未受封时，戴乌纱帽，双翅侧冲上向，盘金，朱缨垂领，下束五色

---

① 司马文正公：北宋政治家、文学家司马光。
② 搊（chōu）：束紧。
③ 屋漏痕：草书的一种笔法，谓行笔须藏锋。这里喻指帽子的花纹。
④ 法司：古代掌司法刑狱的官署。

绦，至是冠皮弁①，状如中国梨园演王者便帽，前直列花瓣七，衣蟒腰玉。

肩舆如中国饼桥，中置大椅，上施大盖，无帷幔，辕粗而长，无绊，无横木，以八人左右肩之而行。

杜氏《通典》② 载琉球国俗，谓妇人产必食子衣，以火自炙，令汗出。余举以问杨文凤，然乎？对曰："火炙诚有之，食衣则否。"即今中山已无火炙俗，惟北山犹未尽改。

嫁娶之礼，固陋已甚。世家亦有以酒肴珠贝为聘者，婚时即用本国轿，结彩鼓乐而迎，不计妆奁，父母送至夫家即返，不宴客。至亲具酒贺，不过数人。《隋书》云：琉球风俗，男女相悦，便相匹偶，盖其旧俗也。询之郑得功，郑得功曰："三十六姓初来时，俗尚未改，后渐知婚礼，此俗遂革。今国中有夫之妇，犯奸即杀。"余始悟琉球所以号守礼之国者，亦由三十六姓教化之力也。

小民有丧，则邻里聚送，观者护丧，掩毕即归。宦家则同官相知者，亦来送柩，出即归，大都不宴客。题主官率皆用僧，男书"圆寂大禅定"，女书"禅定尼"，无考妣称，近日宦家亦有书官爵者。棺制三尺，屈身而殓之，近宦家亦有长五六

---

① 皮弁（biàn）：古代的冠名，用白鹿皮制成。

② 通典：唐代政治家、史学家杜佑所撰，是中国历史上第一部体例完备的政书。

尺者，民则仍旧。

此邦之人，肘比华人稍短，《朝野佥载》[1]亦谓人形短小似昆仑[2]。余所见士大夫短小者固多，亦有修髯丰颐者，顾而长者，胖而腹腰十围者，前言似未足信。人体多狐臭，古所谓愠羝[3]也。

世禄之家皆赐姓，士庶率以田地为姓，更无名，其后裔则云某氏之子孙几男，所谓田米私姓也。

国中兵刑惟三章：杀人者死，伤人及重罪徒，轻罪罚日中晒之，计罪而定其日。国中数年无斩犯，间有犯斩罪者，又率引刀自剖腹死。

七月十五夜，开窗见人家门外皆列火炬二，询之土人云：国俗于十五日盆祭，预期迎神，祭后乃去之。盆祭者，中国所谓盂兰会也。连日见市上小儿各手一纸幡，对立招展，作迎神状，知国俗盆祭祀先，亦大祭矣。

龟山南岸有窑，国人取车螯大蚶之壳以煅，墍[4]灰壁不及石灰，而粘过者。再东北有池，为国人煮盐处。

七月二十五日，正副使行册封礼，途中观者益众。上万松

---

[1] 《朝野佥载》：唐代张鹜所撰，记录隋唐时期的轶闻逸事。
[2] 昆仑，唐以前泛指南洋人，因其黑而瘦，与中原人士面貌颇为不同。
[3] 愠羝：人体腋下恶臭，俗称狐臭。
[4] 墍(jì)：涂抹。

岭，迤逦而东，衢道①修广，有坊，牓②曰"中山道"，又进一坊，牓曰"守礼之邦"。世孙戴皮弁，服蟒衣，腰玉带，垂裳结佩，率百官跪迎道左。更进为欢会门，踞山巅，叠礁石为城，削磨如壁，有鸟道，无雉堞③，高五尺以上，远望如聚髑髅④。始悟《隋书》所谓"王居多聚髑髅于其下"者，乃远望误于形似，实未至城下也。城外石崖，左镌"龙冈"字，右镌"虎崒"字。王宫西向，以中国在海西，表忠顺面向之意。后东向为继世门，左南向为水门，右北向为久庆门。再进层崖，有门西北向曰瑞泉，左右甬道，有左掖、右掖二门。更进有漏西向，牓曰"刻漏"，上设铜壶漏水。更进有门西北向，为奉神门，即王府门也。殿廷方广十数亩，分砌二道。由甬道进至阙廷，为王听政之所。壁悬伏羲画卦像，龙马负图立其前，绢色苍古，微有剥蚀，殆非近代物。北宫殿屋固朴，屋举手可接，以处山冈，且阻海飓。面对为南宫。此日正副使宴于北宫，大礼既成，通国欢忭⑤。闻国王经行处，悉有彩饰，泉崎道旁，列盆花异卉，绕以朱栏，中刻木作麒麟形，题曰："非龙非彪，非熊非罴，王者之瑞兽。"天妃宫前，植大松六，叠

---

① 衢：大路，四通八达的道路。
② 牓：通"榜"，文告，题署。
③ 雉堞：古代城墙上掩护守城人用的矮墙。
④ 髑（dú）髅：死人头骨。
⑤ 忭（biàn）：欢喜，快乐。

假山四，作白鹤二，生子母鹿三。池上结棚，覆以松枝，松子垂如葡萄。池中刻木鲤大小五，令浮水面。环池以竹，栏旁有坊，曰"偕乐坊"，柱悬一版，题曰："鹿濯濯，鸟翯翯①，牣②鱼跃。"归而述诸副使，副使曰："此皆志略所载，事隔数十年。一字不易，可谓印板文字矣。"从客皆笑。

宜野湾县有龟寿者，事继母以孝，国人莫不闻。母爱所生子，而短龟寿于其父伊佐前，且不食以激其怒。伊左惑之，欲死龟寿，将令深夜汲北宫，要而杀之。仆匿龟寿于家，往谏伊佐，伊佐缚而放之，且谓事已露，不可杀，乃逐龟寿。龟寿既被放，欲自尽，又恐张母恶。值天雨雹，病不支，僵卧于路。巡官见之，近而抚其体犹温，知未死，覆以己衣。渐苏，徐诘其故，龟寿不欲扬父母之恶，饰词告之。初，巡官闻孝子龟寿被放，意不平，至是见言语支吾，疑即龟寿，赐衣食令去。密访得其状，乃传集村人，系伊佐妻至，数其罪而监之。将告于王，龟寿愿以身代，巡官不忍伤孝子心，召伊佐夫妇面谕之。妇感悟，卒为母子如初。副使既为之记，余复为诗以表章之，诗云："輶轩③问俗到球阳，潜德端须为阐扬。诚孝由来能感格，何殊闵损与王祥。"以为事继母而不能尽孝者劝。

经迭山墟方集，因步行集中，观所市物，薯为多，亦有

---

① 翯（hè）：形容羽毛洁白润泽。
② 牣（rèn）：充满。
③ 輶（yóu）轩：古代使臣乘坐的一种轻车，后为使臣的代称。

鱼、盐、酒、菜、陶、木器、蕉苎、土布，粗恶无足观者。国无肆店，率业于其家，市货以有易无，不用银钱。闻国中多用日本宽永钱，比来亦不见。昨香崖携示串钱，环如鹅眼，无轮廓，贯以绳，积长三寸许，连四贯而合之，封以纸，上有钤记①，此球人新制钱，每封当大钱十。盖国中钱少，宽永钱铜质较美，恐或有人买去，故收藏之。特制此钱应用，市中无钱以此。

国中男逸女劳，无有肩担背负者，趋集、织纫及采薪、运水，皆妇人主之。凡物皆戴之顶，女衣既无钮无带，又不束腰，而国俗男女皆无裤，势须以手曳襟，襟较男衣长，叠襟下为两层，风不得开。因悟髻必偏坠者，以手既曳襟，须空其顶以戴物，童而习之，虽重百斤，登山涉涧，无倾侧，是国中第一绝技也。其动作时，常卷两袖至背，贯绳而束之。发垢辄洗，洗用泥，脱衣结于腰，赤身低头，见人亦不避。抱儿惟一手，叉置腰间，即藉以曳襟。

东苑在崎山，出欢会门，折而北，逐瑞泉下流，至龙渊桥，汇而为池，广可十丈，长可数十丈，捍以堤，曰"龙潭"，水清鱼可数，荷叶半倒。再折而东，有小村，篠②屏修整，松盖阴翳，薄云补林，微风啸竹，园外已极幽趣。入门，板亭

---

① 钤（qián）记：官印的一种。
② 篠（xiǎo）：通"筱"，细竹，小竹子。

二，南向。更进而南，屋三楹。亭东有阜，如覆盂①。折而南，有岩西向，上镌梵字，下蹲石狮一，饰以五采。再下，有小方池，凿石为龙首，泉从口出。有金鱼池，前竹万竿，后松百挺。再东，为望仙阁，前有东苑阁，后为"能仁堂"，东北望海，西南望山，国中形胜，此为第一。

南苑之胜，亦不减于东苑。苑中马富盛。折而东，循行阡陌间，水田漠漠，番薯油油，绝无秋景。薯有新种者，问知已三收矣。再入山，松阴夹道，茅屋参差，田家之景可画。计十余里，始入苑村，名姑场川，即同乐苑也。苑踞山脊，轩五楹，夹室为复阁，颇曲折。轩前有池新凿，狭而东西长。叠礁为桥，桥南新阜累累，因阜以为亭，宜远眺。亭东植奇花异卉，有花绝类蝴蝶，绛红色，叶如嫩槐，曰"蝴蝶花"。有松叶如白毛，曰"白发松"。池东旧有亭圯②，以布代之。池西有阁，颇轩敞，四面风来，宜纳凉。有阁曰"迎晖"，有亭曰"一览"，即正副使所题也。轩北有松，有凤蕉，有桃，有柳。黄昏举烟火，略同中国。余偕寄尘游波上，板阁无他神，惟挂铜片幡，上凿"奉寄御币"字，后署云："元和二年壬戌。"或疑为唐时物，非也。按元和二年为丁亥，非壬戌也。日本马场信武撰《八卦通变指南》，内列三元指掌，云上元起永禄七年

---

① 覆盂：倒置的盂。
② 圯（yí）：桥。

甲子，止元和三年癸亥。如元起宽永元年甲子，止元和三年癸亥。下元起贞亨元年甲子。今元禄十六年癸未，国中既行宽永钱，证以元和日本僭号，知琉球旧曾奉日本正朔，今讳言之欤？

纸鸢制无精巧者，儿童多立屋上放之。按中国多放于清明前，义取张口仰视，宣导阳气，令儿少疾；今放于九月，以非九月纸鸢不能上，则风力与中国异，即此可验球阳气暖，故能十月种稻。

国俗男欲为僧者听之，既受戒，有廪给。有犯戒者，饬令还俗，放之别岛。女子愿为土妓者亦听之，接交外客，女之兄弟仍与外客叙亲往来，然率皆贫民，故不以为耻。若已嫁夫而复敢犯奸者，许女之父兄自杀之，不以告王。即告王，王亦不赦。此国中良贱之大防，所以重廉耻也。此邦有红衣妓，与之言不解，按拍清歌，皆方言也。然风韵亦正有佳者，殆不减憨园。近忽因事他迁，以扇索诗，因题二诗以赠之。诗云："芳龄二八最风流，楚楚腰身剪剪眸。手抱琵琶浑不语，似曾相识在苏州。""新愁旧恨感千端，再见真如隔世难。可惜今宵好明月，与谁共卷绣帘看？"

国人率恭谨，有所受，必高举为礼，有所敬，则俯身搓手而后膜拜。劝尊者酒，酌而置杯于指尖以为敬，平等则置手心。

此邦屋俱不高，瓦必瓺①，以避飓也。地板必去地三尺，

---

① 瓺（tóng）：通"瓭"，圆筒形的覆瓦。

以避湿也。屋脊四出，如八角亭，四面接修，更无重构复室，以省材也。屋无门户，上限刻双沟，设方格，糊以纸，左右推移，更不设暗闩，利省便，恃无盗也。临街则设矣。神龛置青石于炉，实以沙，祀祖神也。国以石为神，无传真也。瓦上瓦狮，《隋书》所谓兽头骨角也。壁无粉墁，示朴也。贵家间有糊矹粉花笺，习华风，渐奢也。

龟山有峰独出，与众山绝，前附小峰，离约二丈许。邦人驾石为洞，连二山，高十丈余，结布幔于洞东。小憩，拾级而登，行洞上又十余级，乃陟巅。巅恰容一楼，楼无名，四面轩豁，无户牖①。副使谓余曰："兹楼俯中山之全势，不可无名。"因名之曰"蜀楼"，并为之跋曰："蜀者何？独也。楼何以蜀名？以其踞独山也。不曰独而曰蜀者，以副使为蜀人，楼构已百年，而副使乃名之，若有待也。"楼左瞰青畴，右扶苍石，后临大海，前揖中山，坐其中以望，若建瓴焉。余又请于副使曰："额不可无联。"副使因书前四语付之。归路循海而西，崖洞溪壑皆奇峭，是又一胜游矣。

越南山，度丝满村，人家皆面海，奇石林立。遵海而西，有山，翠色攒空，石骨穿海，曰"沙岳"。时午潮初退，白石邻邻，群马争驰，飞溅如雨。再西，度大岭村，丛棘为篱，鱼

---

① 牖（yǒu）：窗户。

网数百晒其上。村外水田漠漠，泥淖陷马。有牛放于冈，汪录①谓马耕无牛，今不尽然也。

本岛能中山语者，给黄帽为酋长，岁遣亲云上监抚之，名奉行官，主其赋讼。各赋其土之宜，以贡于王。间切者，外府之谓。首里、泊、久来、那霸四府为王畿，故不设，此外皆设。职在亲民，察其村之利弊，而报于亲云上。间切，略如中国知府。中山属府十四，间切十，山南省属府十二，山北省属府九，间切如其府数。

国俗自八月初十至十五日，并蒸米，拌赤小豆为饭相饷，以祭月，风同中国。是夜，正副使邀从客露饮，月光澄水，天色拖蓝，风寂动息，潮声杂丝竹声自远而至，恍置身三山，听子晋吹笙，麻姑度曲，万缘俱静矣。宇宙之大，同此一月。回忆昔日萧爽楼中，良宵美景，轻轻放过，今则天各一方，能无对月而兴怀乎？

世传八月十八日为潮生辰，国俗，于是夜候潮坡上。子刻，偕寄尘至坡上，草如碧毯，沾露愈滑，扶仆行，凭垣倚石而坐。丑刻，潮始至，若去峰万叠，卷海飞来。须臾，腥气大盛，水怪挟风，金蛇掣电，天柱欲折，地轴暗摇，雪浪溅衣，直高百尺，未敢遽窥鲛宫，已若有推而起之者，迷离惝恍，千态万状。观此，乃知枚乘《七发》，犹形容未尽也。潮既退，

---

① 汪录：汪楫所写的游记。

始闻噌吰①之声出礁石间,徐步至护国寺,尚似有雷霆震耳,潮至此,观止矣。

元旦至六日,贺节。初五日,迎灶。二月,祭麦神。十二日,浚②井,汲新水,俗谓之洗百病。三月三日,作艾糕。五月五日,竞渡。六月六日,国中作六月节,家家蒸糯米,为饭相饷。十二月八日,作糯米糕,层裹棕叶,蒸以相饷,名曰"鬼饼"。二十四日,送灶。正三五九为吉月,妇女率游海畔,拜水神祈福。逢朔日,群汲新水献神,此其略也。余独疑国俗敬佛,而不知四月八日为佛诞辰,腊八鬼饼如角黍,而不知七宝粥。

国王送菊二十余盆,花叶并茂,根际皆以竹签标名,内三种尤异类:一名"金锦",朵兼红黄白三色,小而繁,灿如列星;一名"重宝",瓣如莲而小,色淡红;一名"素球",瓣宽,不类菊,重叠千层,白如雪,皆所未见者。媵③之以诗,诗云:"陶篱韩圃多秋色,未必当年有此花。似汝幽姿真可惜,移根无路到中华。"

见狮子舞,布为身,皮为头,丝为尾,剪彩如毛饰其外,头尾口眼皆活,镀睛贴齿,两人居其中,俯仰跳跃,相驯狎欢

---

① 噌(chéng)吰(hóng):形容钟鼓的声音。
② 浚(jùn):疏通。
③ 媵(yìng):致送,相送。

104

腾状。余曰:"此近古乐矣。"按《旧唐书·音乐志》,后周武帝时选太平乐,亦谓之五方狮子舞。白乐天《西凉妓》云:"假面夷人弄狮子,刻木为头丝作尾。金镀眼睛银贴齿,奋迅毛衣罢双耳。"即此舞也。

此邦有所谓踏柁①戏者,横木以为梁,高四尺余,复置板而横之,长丈有二尺,虚其两端,均力焉。夷女二,结束衣彩,赤双足,各手一巾,对立相视而歌。歌未竟,跃立两端,稍作低昂,势若水碓之起伏,渐起渐高。东者陡落而激之,则西飞起三丈余,翩翩若轻燕之舞于空也;西者落而陡激之,则东者复起,又如鸷鸟之直上青云也。叠相起伏,愈激愈疾,几若山鸡舞镜,不复辨其孰为影,孰为形焉。俄焉势渐衰,机渐缓,板末乃安,齐跃而下,整衣而立。终戏,无虚蹈方寸者,技至此绝矣。

接送宾客颇真率,无揖让之烦。客至不迎,随意坐,主人即具烟架火炉,竹筒木匣各一,横烟管其上,匣以烟,筒以弃灰也。遇所敬客,乃烹茶,以细末粉少许,杂茶末,入沸水半瓯,搅以小竹帚,以沫满瓯面为度。客去,亦不送。贵官劝客,常以箸蘸浆少许,纳客唇以为敬。烧酒著黄糖则名福,著白糖则名寿,亦劝客之一贵品也。

重阳具龙舟竞渡于龙潭,琉球亦于五月竞渡。重阳之戏,

---

① 柁(tuó):木结构屋架中顺着前后方向架在柱子上的横木。

专为宴天使而设。因成三诗以志之,诗云:"故园辜负菊花黄,万里迢迢在异乡。舟泛龙潭看竞渡,重阳错认作端阳。""去年秋在洞庭湾,亲摘黄花插翠鬟。今日登高来海外,累伊独上望夫山。""待将风信泛归槎,犹及初冬好到家。已误霜前开菊宴,还期雪里访梅花。"

闻程顺则曾于津门购得宋朱文公①墨迹十四字,今其后裔犹宝之。借观不得,因至其家,开卷见笔势森严,如奇峰怪石,有岩岩不可犯之色,想见当日道学气象。字径八寸以上,文曰:"香飞翰苑围川野,春报南桥叠萃新。"后有名款,无岁月。文公墨迹,流传世间者,莫不宝而藏之,盖其所就者大,笔墨乃其余事,而能自成一家言如此,知古人学力,无所不至也。

又游蔡清派家祠,祠内供蔡君谟画像,并出君谟墨迹见示,知为君谟的派,由明初至琉球,为三十六姓之一。清派能汉语,人亦倜傥。由祠至其家,花木俱有清致,池圆如月,为额其室,曰"月波大屋"。大抵球人工剪剔树木,叠砌假山,故士大夫家,率有丘壑以供游览。庭中树长竿,上置小木舟,长二尺,桅舵帆橹皆备。首尾风轮五叶,挂色旗以候风。渡海之家,率预计归期,南风至,则合家欢喜,谓行人当归,归则撤之,即古五两旗遗意。

国王有墨长五寸,宽二寸。有老坑端砚,长一尺,宽六寸,

---

① 朱文公:指宋代理学家朱熹。

有"永乐四年"字,砚背有"七年四月东坡居士留赠潘邠老"字,问知为前明受赐物。国中有东坡诗集,知王不但宝其砚矣。

棉纸清纸,皆以谷皮为之,恶不中书者。有护书纸,大者佳,高可三尺许,阔二尺,白如玉。小者减其半。亦有印花诗笺,可作札。别有围屏纸,则糊壁用矣。徐葆光《球纸诗》云:"冷金入手白于练,侧理海涛凝一片。昆刀截截径尺方,叠雪千层无幂面。"形容殆尽。

南炮台间有碑二,一正书剥蚀甚微,"奉书造"三字,一其国学书,前朝嘉靖二十一年建,惟不能尽识,其笔力正自遒劲飞舞。

有木曰山米,又名野麻姑,叶可染,子如女贞,味酸,士人榨以为醋。球醋纯白,不甚酸,供者以为米醋,味不类,或即此果所榨欤?

席地坐,以东为上,设毡。食皆小盘,方盈尺,著两板为脚,高八寸许。肴凡四进,各盘贮而不相共,三进皆附以饭,至四肴乃进酒二,不过三巡。每进肴止一盘,必撤前肴而后进其次肴。饭用油煎面果,次肴饭用炒米花,三肴用饭。每供肴酒,主人必亲手高举置客前,俯身搓手而退。终席,主人不陪,以为至敬。此球人宴会尊客之礼。平等乃对饮。大要球俗席皆坐地,无椅桌之用,食具如古俎豆①,肴尽干制,无所用

---

① 俎(zǔ)豆:古代祭祀、宴飨时盛装食物用的两种礼器。

勺。虽贵官家食，不过一肴、一饭、一箸，箸多削新柳为之。即妻子不同食，犹有古人之遗风焉。

使院"敷命堂"后，旧有二榜。一书前明册使姓名：洪武五年，封中山王察度，使行人汤载；永乐二年，封武宁，使行人时中；洪熙元年，封巴志，使中官柴山；正统七年，封尚忠，使给事中俞忭、行人刘逊；十三年，封尚思达，使给事中陈传、行人万祥；景泰二年，封尚景福，使给事中乔毅、行人童守宏；六年，封尚泰久，使给事中严诚、行人刘俭；天顺六年，封尚德，使吏科给事中潘荣、行人蔡哲；成化六年，封尚圆，使兵科给事中官荣、行人韩文；十三年，封尚真，使兵科给事中董旻、行人司司副张祥；嘉靖七年，封尚清，使吏科给事中陈侃、行人高澄；四十一年，封尚元，使吏科左给事中郭汝霖、行人李际春；万历四年，封尚永，使户科左给事中肖崇业、行人谢杰；二十九年，封尚宁，使兵科右给事中夏子阳、行人王士正；崇祯元年，封尚丰，使户科左给事中杜三策、行人司司正杨伦。凡十五次，二十七人，柴山以前无副也。一书本朝册使姓名：康熙二年，封尚质，使兵科副理官张学礼、行人王垓；二十一年，封尚贞，使翰林院检讨汪楫、内阁中书舍人林麟焻；五十八年，封尚敬，使翰林院检讨海宝、翰林院编修徐葆光；乾隆二十一年，封尚穆，使翰林院侍讲全魁、翰林院编修周煌。凡四次，共八人。

清明后，南风为常，霜降后，南北风为常，反是飓𩗗将作。正二三月多飓，五六七八月多飓，飓聚发而倏止，飓渐作而多日。九月北风或连月，俗称九降风，间有飓起，亦骤如飓。遇飓犹可，遇飓难当。十月后多北风，飓飓无定期，舟人视风隙以来往。凡飓将至，天色有黑点，急收帆严舵以待，迟则不及，或至倾覆。飓将至，天边断虹若片帆，曰"破帆"，稍及半天如鲎①尾，曰"屈鲎"，若见北方，尤虐。又海面骤变，多秽如米糠，及海蛇浮游，或红蜻蜓飞绕，皆飓风征。

自来球阳。忽已半年，东风不来，欲归无计。十月二十五日，乃始扬帆返国。至二十九日，见温州南杞山，少顷，见北杞山，有船数十只泊焉，舟人皆喜，以为此必迎护船也。守备登后艄以望，惊报曰："泊者贼船也！"又报："贼船皆扬帆矣！"未几，贼船十六只吃喝而来，我船从舵门放子母炮，立毙四人，击喝者坠海，贼退；枪并发，又毙六人；复以炮击之，毙五人；稍进，又击之，复毙四人。乃退去。其时贼船已占上风，暗移子母炮至舵右舷边，连毙贼十二人，焚其头篷，皆转舵而退。中有二船较大，复鼓噪由上风飞至。大炮准对贼船即施放，一发中其贼首，烟迷里许，既散，则贼船已尽退。是役也，枪炮俱无虚发，幸免于危。

不一时，北风又至，浪飞过船。梦中闻舟人哗曰："到官塘矣。"惊起。从客皆一夜不眠，语余曰："险至此，汝尚能睡

---

① 鲎（hòu）：节肢动物，有甲壳，尾部呈剑状，生活在海底。

耶?"余问其状,曰:"每侧则篷皆卧水,一浪盖船,则船身入水,惟闻瀑布声垂流不息,其不覆者,幸耶!"余笑应之曰:"设覆,君等能免乎?余入黑甜乡,未曾目击其险,岂非幸乎!"盥①后,登戗台视之,前后十余灶皆没,船面无一物,爨火断矣。舟人指曰:"前即定海,可无虑矣。"申刻乃得泊,船户登岸购米薪,乃得食。是夜修家书,以慰芸之悬系,而归心益切。犹忆昔年芸尝谓余:"布衣菜饭,可乐终身,不必作远游。"此番航海,虽奇而险,濒危幸免,始有味乎芸之言也。

---

① 盥(guàn):洗涤。

浮生六记卷六

养生记道

　　自芸娘之逝，戚戚无欢。春朝秋夕，登山临水，极目伤心，非悲则恨。读《坎坷记愁》，而余所遭之拂逆可知也。

　　静念解脱之法，行将辞家远去，求赤松子于世外。嗣以淡安、揖山两昆季之劝，遂乃栖身苦庵，惟以《南华经》自遣。乃知蒙庄鼓盆而歌，岂真忘情哉？无可奈何，而翻作达耳！余读其书，渐有所悟。读《养生主》而悟达观之士，无时而不安，无顺而不处，冥然与造化为一，将何得而何失，孰死而孰生耶？故任其所受，而哀乐无所错其间矣。又读《逍遥游》，而悟养生之要，惟在闲放不拘，怡适自得而已，始悔前此之一段痴情，得勿作茧自缚矣乎！此《养生记道》之所为作也。亦或采前贤之说以自广，扫除种种烦恼，惟以有益身心为主，即蒙庄①之旨也。庶几可以全生，可以尽年。

余年才四十，渐呈衰象，盖以百忧摧撼，历年郁抑，不无闷损。淡安劝余每日静坐数息，仿子瞻《养生颂》之法，余将遵而行之。调息之法，不拘时候，兀身端坐，子瞻所谓摄身使如木偶也。解衣缓带，务令适然，口中舌搅数次，微微吐出浊气，不令有声，鼻中微微纳之，或三五遍，二七遍，有津咽下，叩齿数通，舌抵上腭，唇齿相著，两目垂帘，令胧胧然渐次调息，不喘不粗，或数息出或数息入，从一至十，从十至百，摄心在数，勿令散乱，子瞻所谓寂然兀然与虚空等也。如心息相依，杂念不生，则止勿数，任其自然，子瞻所谓"随"也。坐久愈妙，若欲起身，须徐徐舒放手足，勿得遽起。能勤行之，静中光景，种种奇特，子瞻所谓定能生慧，自然明悟，譬如盲人忽然有眼也，直可明心见性，不但养身全生而已。出入绵绵，若存若亡，神气相依，是为真息。息息归根，自能夺天地之造化，长生不死之妙道也。

人大言，我小语。人多烦，我少计。人悸怖，我不怒。澹然无为，神气自满，此长生之药。《秋声赋》②云："奈何思其力之所不及，忧其智之所不能，宜其渥然丹者为槁木，黟然黑者为星星。"此士大夫通患也。又曰："百忧感其心，万事劳其

---

① 蒙庄：即庄周，为蒙人，故称。
② 《秋声赋》：宋代文学家欧阳修的辞赋作品，以悲秋为主题。

形,有动于中,必摇其精。"人常有多忧多思之患,方壮遽老,方老遽衰,仅此亦长生之法。舞衫歌扇,转眼皆非;红粉青楼,当场即幻。秉灵烛以照迷情,持慧剑以割爱欲,殆非大勇不能也。然情必有所寄,不如寄其情于卉木,不如寄其情于书画,与对艳妆美人何异,可省却许多烦恼。

范文正有云,千古贤贤,不能免生死,不能管后事。一身从无中来,欲归无中去,谁是亲疏?谁能主宰?即无奈何,即放心逍遥,任委来往,如此断了,既心气渐顺,五脏亦和,药方有效,食方有味也。只如安乐人,忽有忧事,便吃食不下,何况久病?要忧身死,更忧身后,乃在大怖中,饮食安可得下?请宽心将息云云。乃劝其中舍三哥之帖。余近日多忧多虑,正宜读此一段。放翁①胸次广大,盖与渊明、乐天、尧夫②、子瞻等同其旷逸,其于养生之道,千言万语,真可谓有道之士,此后当玩索陆诗,正可疗余之病。

忽浴③极有益。余近制一大盆,盛水极多,忽浴后,至为畅适。东坡诗所谓"淤槽漆斛江河倾,本来无垢洗更轻",颇领略得一二。治有病,不若治于无病,疗身不若疗心,使人疗,尤不若先自疗也。林鉴堂诗曰:"自家心病自家知,起念还当把念医。只是心生心作病,心安哪有病来时。"此之谓自

---

① 放翁:宋代著名诗人陆游。
② 尧夫:北宋理学家邵雍。
③ 忽(hū)浴:洗澡。

疗之药，游心于虚静，结志手微妙，委虑于无欲，指归于无为，故能达生延命，与道为久。

仙经以精、气、神为内三室，耳、目、口为外三室，常令内三室不逐物而流，外三室不诱中而扰。重阳祖师于十二时中，行住坐卧，一切动中，要把心似泰山，不摇不动，谨守四门，眼耳鼻口，不令内入外出，此名养寿紧要。外无劳形之事，内无思想之患，以恬愉为务，以自得为功，形体不敝，精神不散。

益州老人尝言，凡欲身之无病，必须先正其心，使其心不乱求，心不狂思，不贪嗜欲，不着迷惑，则心君泰然矣。心君泰然，则百骸四体虽有病，不难治疗；独此心一动，百患为招，即扁鹊华佗在旁，亦无所措手矣。林鉴堂先生有《安心诗》六首，真长生之要诀也。诗云：

我有灵丹一小锭，能医四海群迷病。
些儿吞下体安然，管取延年兼接命。

安心心法有谁知，却把无形妙药医。
医得此心能不病，翻身跳入太虚时。

念杂由来业障多，憧憧扰扰竟如何？
驱魔自有玄微诀，引入尧夫安乐窝。

人有二心方显念,念无二心始为人。
人心无二浑无念,念绝悠然见太清。

这也了时那也了,纷纷攘攘皆分晓。
云开万里见清光,明月一轮圆皎皎。

四海遨游养浩然,心连碧水水连天。
津头自有渔郎问,洞里桃花日日鲜。

  禅师与余谈养心之法,谓心如明镜,不可以尘之也;又如止水,不可以波之也。此与晦庵①所言学者常要提醒此心,惺惺②不寐,如日中天,群邪自息,其旨正同。又言目毋妄视,耳毋妄听,口毋妄言,心毋妄动,贪嗔痴爱,是非人我,一切放下,未事不可先迎,遇事不宜过扰,即事不可留住,听其自来,应以自然,信其自去,忿懥③恐惧,好乐忧患,皆得其正,此养心之要也。

  王华之曰:斋者,齐也,齐其心而洁其体也,岂仅茹素而已!所谓齐其心者,澹志寡营,轻得失,勤内省,远荤酒;洁

---

① 晦庵:宋理学家朱熹,号晦庵。
② 惺惺:清醒貌。
③ 忿懥(zhì):发怒。

其体者,不履邪径,不视恶色,不听淫声,不为物诱,入室闭户,烧香静坐,方可谓之斋也。诚能如是,则身中之神明自安,升降不碍,可以却病,可以长生。

余所居室,四边皆窗户,遇风即阖,风息即开。余所居室,前帘后屏,太明即下帘,以和其内映,太暗则卷帘,以通其外耀,内以安心,外以安目,心目俱安,则身安矣。

禅师称二语告我曰,未死先学死,有生即杀生。有生,谓妄念初生;杀生,谓立予铲除也。此与孟子勿忘勿助之功相通。

孙真人《卫生歌》云:"卫生切要知三戒,大怒大欲并大醉。三者若还有一焉,须防损失真元气。"又云:"世人欲知卫生道,喜乐有常嗔怒少。心诚意正思虑除,理顺修身去烦恼。"又云:"醉后强饮饱强食,未有此生不成疾。入资饮食以养身,去其甚者自安适。"又蔡西山《卫生歌》云:"何必餐霞饵大药,妄意延岁等龟鹤。但于饮食嗜欲间,去其甚者将安乐。食后徐行百步多,两手摩胁并胸腹。"又云:"醉眠饱卧俱无益,渴饮饥餐尤戒多。食不欲粗并欲速,宁可少餐相接续。若教一顿饱充肠,损气伤脾非尔福。"又云:"饮酒莫教令大醉,大醉伤神损心志。酒渴饮水并啜茶,腰脚自兹成重坠。"又云:"视听行坐不可久,五劳七伤从此有。四肢亦欲得小劳,譬如户枢终不朽。"又云:"道家更有颐生旨,第一戒人少嗔恚。"凡此数言,果能遵行,功臻旦夕,勿谓老生常谈也。

洁一室，开南牖，八窗通明，而多陈列玩器，引乱心目。设广榻长几各一，笔砚楚楚，旁设小几一，挂字画一幅，频换。几上置得意书一二部，古帖一本，古琴一张。心目间，常要一尘不染。晨入园林，种植蔬果，芟草①，灌花，莳②药。归来入室，闭目定神。时读快书，怡悦神气，时吟好诗，畅发幽情。临古帖，抚古琴，倦即止。知己聚谈，勿及时事，勿及权势，勿臧否人物，勿争辩是非。或约闲行，不衫不履，勿以劳苦徇礼节。小饮勿醉，陶然而已。诚然如是，亦堪乐志。以视夫蹩足入绊，申脰③就羁，游卿相之门，有簪佩之累，岂不霄壤之悬哉！

太极拳非他种拳术可及，太极二字已完全包括此种拳术之意义。太极乃一圆圈，太极拳即由无数圆圈联贯而成之一种拳术，无论一举手，一投足，皆不能离此圆圈，离此圆圈，便违太极拳之原理。四肢百骸不动则已，动则皆不能离此圆圈，处处成圆，随虚随实。练习以前，先须存神纳气，静坐数刻，并非道家之守窍也，只须屏绝思虑，务使万缘俱静。以缓慢为原则，以毫不使力为要义，自首至尾，联绵不断。相传为辽阳张通，于洪武初奉召入都，路阻武当，夜梦异人，授以此种拳术。余近年从事练习，果觉身体较健，寒暑不侵，用以卫生，

---

① 芟 (shān) 草：除草。
② 莳 (shì)：栽种。
③ 脰 (dōu)：脖子。

诚有益而无损者也。

省多言，省笔札，省交游，省妄想，所一息不可省者，居敬养心耳。

杨廉夫[①]有《路逢三叟词》云："上叟前致词，大道抱天全；中叟前致词，寒暑每节宣；下叟前致词，百年半单眠。"尝见后山诗中一词，亦此意，盖出应璩[②]。璩诗曰："昔有行道人，陌上见三叟。年各百岁余，相与锄禾麦。往前问三叟，何以得此寿？上叟前致词，室内姬粗丑；二叟前致词，量腹节所受；下叟前致词，夜卧不覆首。要哉三叟言，所以能长久。"

古人云："比上不足，比下有余。"此最是寻乐妙法也。将啼饥者比，则得饱自乐；将号寒者比，则得暖自乐；将劳役者比，则优闲自乐；将疾病者比，则康健自乐；将祸患者比，则平安自乐；将死亡者比，则生存自乐。白天乐诗有云："蜗牛角内争何事，石火[③]光中寄此身。随富随贫且欢喜，不开口笑是痴人。"近人诗有云："人生世间一大梦，梦里胡为苦认真。梦短梦长俱是梦，忽然一觉梦何存。"与乐天同一旷达也！

"世事茫茫，光阴有限，算来何必奔忙？人生碌碌，竞短

---

① 杨廉夫：元末明初文学家杨维桢，字廉夫。
② 应璩：三国时曹魏文学家。
③ 石火：击打石头迸发出来的火星，比喻时光短暂。

论长,却不道荣枯有数,得失难量。看那秋风金谷①,夜月乌江②,阿房宫③冷,铜雀台④荒。荣华花上露,富贵草头霜。机关渗透,万虑皆忘。夸什么龙楼凤阁,说什么利锁名缰,闲来静处,且将诗酒猖狂。唱一曲归来未晚,歌一调湖海茫茫。逢时遇景,拾翠寻芳。约几个知心密友,到野外溪傍,或琴棋适性,或曲水流觞,或说些善因果报,或论些今古兴亡,看花枝堆锦绣,听鸟语弄笙簧。一任他人情反复,世态炎凉,优游闲岁月,潇洒度时光。"此不知为谁氏所作,读之而若大梦之得醒,热火世界一帖清凉散也。

程明道⑤先生曰:吾受气甚薄,因厚为保生,至三十而浸盛,四十五十而后完,今生七十二年矣,较其筋骨,予盛年无损也。若人待老而保生,是犹贫而后蓄积,虽勤亦无补矣。口中言少,心头事少,肚里食少,有此三少,神仙可到。酒宜节饮,忿宜速惩,欲宜力制,依此三宜,疾病自稀。

病有十可却:静坐观空,觉四大原从假合,一也;烦恼现前,以死譬之,二也;常将不如我者巧自宽解,三也;造物劳我以生,遇病少闲,反生庆幸,四也;宿孽现逢,不可逃避,

---

① 金谷:晋代巨富石崇建造的金谷园。
② 乌江:西楚霸王项羽自刎之地。
③ 阿房宫:秦始皇建造的宫殿。
④ 铜雀台:曹操修建的台式建筑。
⑤ 程明道:宋代理学家程颐。

欢喜领受，五也；家庭和睦，无交谪之言，六也；众生各有病根，常自观察克治，七也；风寒谨访，嗜欲淡薄，八也；饮食宁节毋多，起居务适毋强，九也；觅高明亲友，讲开怀出世之谈，十也。

邵康节①居"安乐窝"中，自吟曰："老年肢体索温存，安乐窝中别有春。万事去心闲偃仰，四肢由我任舒伸。炎天傍竹凉铺簟，寒雪围炉软布裀。昼数落花聆鸟语，夜邀明月操琴声。食防难化常思节，衣必宜温莫懒增。谁道山翁拙于用，也能康济自家身。"

养生之道，只"清、净、明、了"四字，内觉身心空，外觉万物空，破诸妄想，一无执着，是曰清净明了。万病之毒，皆生于浓：浓于声色，生虚怯病；浓于货利，生食饕病；浓于功业，生造作病；浓于名誉，生矫激病。噫，浓之为毒甚矣！樊尚默先生以一味药解之，曰"淡"。云白山青，川行石立，花迎鸟笑，谷答樵讴，万境自闲，人心自闲。

岁暮访淡安，见其凝尘满室，泊然处之。叹曰：所居必洒扫涓洁，虚室以居，尘嚣不染，斋前杂树花木，时观万物生意。深夜独坐，或启扉以漏月光，至昧爽，但觉天地万物，清气自远而届，此心与相流通，更无窒碍。今室中芜秽不治，弗以累心，但恐于神爽未必有助也。

---

① 邵康节：宋代理学家邵雍，谥号康节。

余年来静坐枯庵，迅埽①夙习。或浩歌长林，或孤啸幽谷，或弄艇投竿于溪涯湖曲，捐耳目，去心智，久之似有所得。陈白沙②曰："不累于外物，不累于耳目，不累于造次颠沛。鸢飞鱼跃，其机在我。"知此者谓之善学，抑亦养寿之真诀也。

圣贤皆无不乐之理。孔子曰："乐在其中。"颜子曰："不改其乐。"孟子以"不愧不怍"为乐。《论语》开首说乐，《中庸》言"无入而不自得"，程朱教寻孔颜乐趣，皆是此意。圣贤之乐，余何敢望？欲仿白傅③之"有叟在中，白须飘然，妻孥熙熙，鸡犬闲闲"之乐云耳。

冬夏皆当以日出而起，于夏尤宜。天地清旭之气。最为爽神，失之甚可惜。余居山寺之中，暑月日出则起，收水草清香之味，莲方敛而未开，竹含露而犹滴，可谓至快。日长漏永，午睡数刻，焚香垂幕，净展桃笙，睡足而起，神清气爽，真不啻天际真人也。

乐即是苦，苦即是乐，带些不足，安知非福？举家事事如意，一身件件自在，热光景即是冷消息。圣贤不能免厄，仙佛不能免劫，厄以铸圣贤，劫以炼仙佛也。

---

① 埽：通"扫"，除掉，消灭。
② 陈白沙：明代儒学家陈献章。
③ 白傅：唐代文学家白居易，因担任过太子少傅，故称。

牛喘月，雁随阳，总成忙世界；蜂采香，蝇逐臭，同是苦生涯。荣生扰扰，惟利惟名，牿①旦昼，蹶②寒暑，促生死，皆此两字误之。以名为炭而灼心，心之液涸矣；以利为虿③而螫心，心之神损矣。今欲安心而却病，非将名利两字，涤除净尽不可。

余读柴桑翁④《闲情赋》，而叹其钟情；读《归去来辞》，而叹其忘情；读《五柳先生传》，而叹其非有情，非无情，钟之忘之，而妙焉者也。余友淡公最慕柴桑翁，书不求解而能解，酒不期醉而能醉。且语余曰："诗何必五言，官何必五斗，子何必五男，宅何必五柳。"可谓逸矣！余梦中有句云："五百年谪在红尘，略成游戏；三千里击开沧海，便是逍遥。"醒而述诸琢堂，琢堂以为飘逸可诵，然而谁能会此意乎？

真定梁公每语人，每晚家居，必寻可喜笑之事，与客纵谈，掀髯大笑，以发舒一日劳顿郁结之气，此真得养生要诀也。曾有乡人过百岁，余扣其术，笑曰："余乡村人，无所知，但一生只是喜欢，从不知忧恼。"此岂名利中人所能哉！昔王右军⑤曰："吾笃嗜种果，此中有至乐存焉。我种之树，开一

---

① 牿（gù）：绑在牛角上使牛不得抵人的横木。
② 蹶（juě）：骡马的后脚。
③ 虿（chài）：蝎子一类有毒的动物。
④ 柴桑翁：陶渊明，因其为浔阳柴桑人，故称。
⑤ 王右军：东晋书法家王羲之，因曾任右军将军，故称。

花，结一实，玩之偏爱，食之益甘。"右军可谓自得其乐矣。放翁梦至仙馆，得诗云："长廊下瞰碧莲沼，小阁正对青萝峰。"便以为极胜之景。余居禅房，颇擅此胜，可傲放翁矣。

余昔在球阳，日则步履于空潭碧涧、长松茂竹之侧，夕则挑灯读白香山、陆放翁之诗，焚香煮茶，延两君子于座，与之相对，如见其襟怀之澹宕，几欲弃万事而从之游，亦愉悦身心之一助也。

余自四十五岁以后，讲求安心之法，方寸之地，空空洞洞，朗朗惺惺，凡喜怒哀乐，劳苦恐惧之事，决不令之入。譬如制为一城，将城门紧闭，时加防守，惟恐此数者阑入。近来渐觉阑入之时少，主人居其中，乃有安适之象矣。

养身之道，一在慎嗜欲，一在慎饮食，一在慎忿怒，一在慎寒暑，一在慎思索，一在慎烦劳。有一于此，足以致病，安得不时时谨慎耶！张敦复先生尝言：古人读《文选》而悟养生之理，得力于两句，曰："石蕴玉而山辉，水含珠而川媚。"此真是至言。尝见兰蕙芍药之蒂间，必有露珠一点，若此一点为蚁虫所食，则花萎矣。又见笋初出，当晓，则必有露珠数颗在其末，日出，则露复敛而归根，夕则复上。田间有诗云"夕看露颗上梢行"是也。若侵晓入园，笋上无露珠，则不成竹，遂取而食之。稻上亦有露，夕现而朝敛，人之元气全在乎此。故《文选》二语，不可不时时体察，得诀固不在多也。

余之所居，仅可容膝，寒则温室拥杂花，暑则垂帘对高槐，所自适于天壤间者，止此耳。然退一步想，我所得于天者已多，因此心平气和，无歆羡，亦无怨尤，此余晚年自得之乐也。

圃翁①曰：人心至灵至动，不可过劳，亦不可过逸，惟读书可以养之。闲适无事之人，整日不观书，则起居出入，身心无所栖泊，耳目无所安顿，势必心意颠倒，妄想生嗔，处逆境不乐，处顺境亦不乐也。古人有言，扫地焚香，清福已具。其有福者，佐以读书；其无福者，便生他想。旨哉斯言！且从来拂意之事，自不读书者见之，似为我所独遭，极其难堪，不知古人拂意之事有百倍于此者，特不细心体验耳！即如东坡先生，殁后遭逢高孝，文字始出，而当时之忧谗畏讥，因顿转徙潮惠之间，且遇跣足涉水，居近牛栏，是何如境界？又如白香山之无嗣，陆放翁之忍饥，皆载在书卷，彼独非千载闻人，而所遇皆如此？诚一平心静观，则人间拂意之事，可以涣然冰释。若不读书，则但见我所遭甚苦，而无穷怨尤嗔忿之心，烧灼不静，其苦为何如耶！故读书为颐养第一事也。

吴下有石琢堂先生之城南老屋，屋有五柳园，颇具泉石之胜，城市之中而有郊野之观，诚养神之胜地也。有天然之声籁，抑扬顿挫，荡漾余之耳边：群鸟嘤鸣林间时，所发之断断

---

① 圃翁：清朝著名文人、大臣张英，宰相张廷玉之父，后世有《父子宰相家训》录其言。

续续声，微风振动树叶时所发之沙沙簌簌声，和清溪细流流出时所发出之潺潺淙淙声。余泰然仰卧于青葱可爱之草地上，眼望蔚蓝澄澈之穹苍，真是一幅绝妙画图也。以视拙政园一喧一静，真远胜之。

吾人须于不快乐之中，寻一快乐之方法，先须认清快乐与不快乐之造成，固由于处境之如何，但其主要根苗，还从己心发长耳。同是一人，同处一样之境，甲却能战胜劣境，乙反为劣境所征服。能战胜劣境之人，视劣境所征服之人，较为快乐。所以不必歆羡他人之福，怨恨自己之命，否则，是何异雪上加霜，愈以毁灭人生之一切也。无论如何处境之中，可以不必郁郁，须从郁郁之中，生出希望和快乐之精神。偶与琢堂道及，琢堂亦以为然。

家如残秋，身如戾晚，情如剩烟，才如遣电，余不得已而游于画，而狎于诗，竖笔横墨，以自鸣其所喜，亦犹小草无聊，自矜其花，小鸟无奈，自矜其舌。小春之月，一霞始晴，一峰始明，一禽始清，一梅始生，而一诗一画始成。与梅相悦，与禽相得，与峰相立，与霞相揖。画虽拙而或以为工，诗虽苦而自以为甘。四壁已倾，一瓢已敝，无以损其愉悦之胸襟也。圃翁拟一联。将悬之草堂中："富贵贫贱，总难称意，知足即为称意；山水花竹，无恒主人，得闲便是主人。"其语虽俚，却有至理。天下佳山胜水，名花美竹无限，大约富贵人役于名利，贫贱人役于饥寒，总鲜领略及此者。能知足，能得闲，斯为自得其乐，斯为善于摄生也。

心无止息，百忧以感之，众虑以扰之，若风之吹水，使之时起波澜，非所以养寿也。大约从事静坐，初不能妄念尽捐，宜注一念，由一念至于无念，如水之不起波澜。寂定之余，觉有无穷恬淡之意味，愿与世人共之。

阳明先生①曰："只要良知真切，虽做举业，不为心累。且如读书时，知强记之心不是，即克去之；有欲速之心不是，即克去之；有夸多斗靡之心不是，即克去之。如此，亦只是终日与圣贤印对，是个纯乎天理之心，任他读书，亦只调摄此心而已，何累之有！"录此以为读书之法。

汤文正公②抚吴时，日给惟韭菜，其公子偶市一鸡，公知之，责曰："恶有士不嚼菜根而能作百事者哉！"即遣去。奈何世之肉食者流，竭其脂膏，供其口腹，以为分所应尔，不知甘脆肥腊乃腐肠之药也。大概受病之始，必由饮食不节。俭以养廉，澹以寡欲，安贫之道在是，去疾之方亦在是。余喜食蒜，素不食屠门之嚼，食物素从省俭。自芸娘之逝，梅花盒亦不复用矣，庶不为汤公所呵乎！留侯③邺侯④之隐于白云乡⑤，刘阮

---

① 阳明先生：明代思想家王守仁，曾隐居于其故乡阳明洞，故称。
② 汤文正公：清代理学家汤斌。
③ 留侯：汉代著名贤臣张良，被封为留侯。
④ 邺侯：唐代大臣李泌，被封为邺侯。
⑤ 白云乡：传说中神仙的居所。

陶李①之隐于醉乡，司马长卿以温柔乡隐，希夷先生以睡乡隐，殆有所托而逃焉者也。余谓白云乡则近于渺茫，醉乡温柔乡抑非所以却病而延年，而睡乡为胜矣。妄言息躬，辄造逍遥之境；静寐成梦，旋臻甜适之乡。余时时税驾②，咀嚼其味，但不从邯郸道③上，向道人借黄粱枕耳。

养生之道，莫大于眠食。菜根粗粝，但食之甘美，即胜于珍馐也。眠亦不在多寝，但实得神凝梦甜，即片刻，亦足摄生也。放翁每以美睡为乐。然睡亦有诀，孙真人云："能息心，自瞑目。"蔡西山云："先睡心，后睡眼。"此真未发之妙。禅师告余伏气，有三种眠法：病龙眠，屈其膝也；寒猿眠，抱其膝也；龟鹤眠，踵其膝也。余少时，见先君子于午餐之后，小睡片刻，灯后治事，精神焕发。余近日亦思法之，午餐后于竹床小睡，入夜果觉清爽，益信吾父之所为，一一皆可为法。

余不为僧而有僧意。自芸之殁，一切世味皆生厌心，一切世缘生悲想，奈何颠倒不自痛悔耶！近年与老僧，共话无生，而生趣始得。稽首世尊，小忏宿愆，献佛以诗，餐僧以画。画性宜静，诗性宜孤，即诗与画，必悟禅机，始臻超脱也。

---

① 刘阮陶李：这里指刘伶、阮籍、陶渊明、李白。
② 税驾：犹解驾、停车，谓休息或归宿。税，通"脱"。
③ 邯郸道：比喻虚幻之路。唐沈既济《枕中记》载：卢生在邯郸客店中遇到道士吕翁，用其所授瓷枕，睡梦中历数十年富贵荣华，及醒，店主炊黄粱未熟。

影梅庵忆语

影梅庵忆语卷一

爱生于昵，昵则无所不饰。缘饰著爱，天下鲜有真可爱者矣。矧①内屋深屏，贮光阒②彩，止凭雕心镂质之文人描摹想像，麻姑幻谱，神女浪传。近好事家复假篆声诗，侈谈奇合，遂使西施、夷光、文君、洪度③，人人阁中有之，此亦闺秀之奇冤，而啖名之恶习已。

亡妾董氏，原名白，字小宛，复字青莲。籍秦淮，徙吴门。在风尘虽有艳名，非其本色。倾盖矢从余，入吾门，智慧才识，种种始露。凡九年，上下内外大小，无忤无间。其佐余著书肥遁，佐余妇精女红，亲操井臼，以及蒙难遘④疾，莫不履险如夷，茹苦若饴，合为一人。今忽死，余不知姬死而余死也！但见余妇茕茕粥粥，视左右手罔措也。上下内外大小之

---

① 矧（shěn）：况且。
② 阒（qù）：止，息。
③ 洪度：唐代女诗人薛涛，字洪度。
④ 遘（gòu）：遭遇。

人，咸悲酸痛楚，以为不可复得也。传其慧心隐行，闻者叹者，莫不谓文人义士难与争侪也。

余业为哀辞数千言哭之，格于声韵不尽悉，复约略纪其概。每冥痛沉思姬之一生，与偕姬九年光景，一齐涌心塞眼，虽有吞鸟①梦花②之心手，莫能追述。区区泪笔，枯涩黯削，不能自传其爱，何有于饰？矧姬之事余，始终本来，不缘狎昵。余年已四十，须眉如戟。十五年前，眉公先生谓余视锦半臂③碧纱笼④，一笑瞠若，岂至今复效轻薄子漫谱情艳，以欺地下？倘信余之深者，因余以知姬之果异，赐之鸿文丽藻，余得藉手报姬，姬死无恨，余生无恨。

己卯初夏，应试白门，晤密之，云："秦淮佳丽，近有双成，年甚绮，才色为一时之冠。"余访之，则以厌薄纷华，挈

---

① 吞鸟：《晋书·文苑传·罗含》："（罗含）尝昼卧，梦一鸟文彩异常，飞入口中，因起惊说之。朱氏（其母）曰：'鸟有文彩汝后必有文章。'自此后藻思日新。"后即用为文思灿然之典。

② 梦花：指汉马融梦食花，文思大进事。唐李亢《独异志》卷中："《武陵记》曰：'后汉马融勤学，梦见一林，花如绣锦，梦中摘此花食之，及寤，见天下文词，无所不知，时人号为绣囊。'"

③ 锦半臂：短袖的锦衣，一般是古代贵族女子穿着，这里指代女性。

④ 碧纱笼：五代王定保《唐摭言·起自寒苦》："王播少孤贫，尝客扬州惠昭寺木兰院，随僧斋食。诸僧厌怠，播至，已饭矣。后二纪，播自重位出镇是邦，因访旧游，向之题已皆碧纱幕其上。播继以二绝句曰：'……上堂已了各西东，惭愧阇黎饭后钟。二十年来尘扑面，如今始得碧纱笼。'"后以"碧纱笼"为诗以人重的典故。

家去金阊矣。嗣下第,浪游吴门,屡访之半塘,时逗留洞庭不返。名与姬颉颃①者,有沙九畹、杨漪照。予日游两生间,独咫尺不见姬。将归棹,重往冀一见。姬母秀且贤,劳余曰:"君数来矣,予女幸在舍,薄醉未醒。"然稍停,复他出,从花径扶姬于曲栏。与余晤。面晕浅春,缬眼流视,香姿五色,神韵天然,懒慢不交一语。余惊爱之,惜其倦,遂别归,此良晤之始也。时姬年十六。

庚辰夏,留滞影园,欲过访姬。客从吴门来,知姬去西子湖,兼往游黄山白岳,遂不果行。辛巳早春,余省觐去衡岳,由浙路往,过半塘讯姬,则仍滞黄山。许忠节公赴粤任,与余联舟行。偶一日,赴饮归,谓余曰:"此中有陈姬某,擅梨园之胜,不可不见。"余佐忠节公治舟数往返,始得之。其人淡而韵,盈盈冉冉,衣椒茧时,背顾湘裙,真如孤鸾之在烟雾。是日演弋腔《红梅》,以燕俗之剧,咿呀啁哳之调,乃出之陈姬身口,如云出岫,如珠在盘,令人欲仙欲死。漏下四鼓,风雨忽作,必欲驾小舟去。余牵衣订再晤,答云:"光福梅花如冷云万顷,子越旦偕我游否?则有半月淹也。"余迫省觐,告以不敢迟留故,复云:"南岳归棹,当迟子于虎疁丛桂间。盖计其期,八月返也。"余别去,恰以观涛日奉母回。至西湖,因家君调已破之襄阳,心绪如焚,便讯陈姬,则已为窦霍豪家

---

① 颉(xié)颃(háng):谓不相上下。

掠去，闻之惨然。及抵阊门，水涩舟胶，去浒关十五里，皆充斥不可行。偶晤一友，语次有"佳人难再得"之叹。友云："子误矣！前以势劫去者，赝某也。某之匿处，去此甚迩，与子偕往。"至果得见，又如芳兰之在幽谷也。相视而笑曰："子至矣，子非雨夜舟中订芳约者耶？曩感子殷勤，以凌遽不获订再晤。今几入虎口，得脱，重晤子，真天幸也。我居甚僻，复长斋，茗碗炉香，留子倾倒于明月桂影之下，且有所商。"余以老母在舟，统江楚多梗，率健儿百余护行，皆住河干，矍矍①欲返。甫黄昏而炮械震耳，击炮声如在余舟旁，亟星驰回，则中贵争持河道，与我兵斗。解之始去。自此余不复登岸。越旦，则姬淡妆至，求谒吾母太恭人，见后仍坚订过其家。乃是晚，舟仍中梗，乘月一往，相见，卒然曰："余此身脱樊笼，欲择人事之。终身可托者，无出君右。适见太恭人，如覆春云，如饮甘露，真得所天。子毋辞！"余笑曰："天下无此易易事。且严亲在兵火，我归，当弃妻子以殉。两过子，皆路梗中无聊闲步耳。于言突至，余甚讶。即果尔，亦塞耳坚谢，无徒误子。"复宛转云："君倘不终弃，誓待君堂上昼锦旋②。"余答曰："若尔，当与子约。"惊喜申嘱，语絮絮不悉记，即席作八绝句付之。

---

① 矍（jué）矍：左右惊顾的样子。
② 锦旋：意为衣锦荣归。

归历秋冬,奔驰万状,至壬午仲春,都门政府言路诸公,恤劳人之劳,怜独子之苦,驰量移之耗,先报余。时正在毗陵,闻音,如石去心,因便过吴门慰陈姬。盖残冬屡趋余,皆未及答。至则十日前复为窦霍门下客以势逼去。先,吴门有昵之者,集千人哗劫之。势家复为大言挟诈,又不惜数千金为贿。地方恐贻伊戚,劫出复纳入。余至,怅惘无极,然以急严亲患难,负一女子无憾也。

是晚壹郁,因与觅舟去虎疁夜游。明日,遣人之襄阳,便解维归里。舟过一桥,见小楼立水边,偶询游人:"此何处?何人之居?"友以双成馆对。余三年积念,不禁狂喜,即停舟相访。友阻云:"彼前亦为势家所惊,危病十有八日,母死,镝①户不见客。"余强之上,叩门至再三,始启户,灯火阒如。宛转登楼,则药饵满几榻。姬沉吟询何来,余告以昔年曲栏醉晤人。姬忆,泪下曰:"曩君屡过余,虽仅一见,余母恒背称君奇秀,为余惜不共君盘桓。今三年矣,余母新死,见君忆母,言犹在耳。今从何处来?"便强起,揭帷帐审视余,且移灯留坐榻上。谈有顷,余怜姬病,愿辞去。牵留之曰:"我十有八日寝食俱废,沉沉若梦,惊魂不安。今一见君,便觉神怡气王。"旋命其家具酒食,饮榻前。姬辄进酒,屡别屡留,不使去。余告之曰:"明朝遣人去襄阳,告家君量移喜耗。若宿

---

① 镝(jué):锁闭。

卿处，诘旦不能报平安。俟发使行，宁少停半刻也。"姬曰："子诚殊异，不敢留。"遂别。

越旦，楚使行，余亟欲还，友人及仆从咸云："姬昨仅一倾盖，挚切不可负。"仍往言别，至则姬已妆成，凭楼凝睇，见余舟傍岸，便疾趋登舟。余具述即欲行，姬曰："我装已成，随路相送。"余却不得却，阻不忍阻。由浒关至梁溪、毗陵、阳羡、澄江，抵北固，越二十七日，凡二十七辞，姬惟坚以身从。登金山，誓江流曰："委此身如江水东下，断不复返吴门！"余变色拒绝，告以期迫科试，年来以大人滞危疆，家事委弃，老母定省俱违，今始归，经理一切。且姬吴门责逋甚众，金陵落籍，亦费商量，仍归吴门，俟季夏应试，相约同赴金陵。秋试毕，第与否，始暇及此，此时缠绵，两妨无益。姬仍踌躇不肯行。时五木在几，一友戏云："卿果终如愿，当一掷得巧。"姬肃拜于船窗，祝毕，一掷得"全六"，时同舟称异。余谓果属天成，仓卒不臧，反偾①乃事，不如暂去，徐图之。不得已，始掩面痛哭，失声而别。余虽怜姬，然得轻身归，如释重负。

才抵海陵，旋就试，至六月抵家。荆人②对余曰："姬令其父先已过江来，云姬返吴门，茹素不出，惟翘首听金陵偕行

---

① 偾（fèn）：败坏。
② 荆人：对自己正妻的谦称。

之约。闻言心异，以十金遣其父去曰：'我已怜其意而许之，但令静俟毕场事后，无不可耳。'"余感荆人相成相许之雅，遂不践走使迎姬之约，竟赴金陵，俟场后报姬。金桂月三五之辰，余方出闱，姬猝到桃叶寓馆，盖望余耗不至，孤身挈一妪，买舟自吴门江行。遇盗，舟匿芦苇中，舵损不可行，炊烟遂断三日。初八抵三山门，只恐扰余首场文思，复迟二日始入。姬见余虽甚喜，细述别后百日茹素杜门与江行风波盗贼惊魂状，则声色俱凄，求归愈固。时魏塘、云间、闽、豫诸同社，无不高姬之识，悯姬之诚，咸为赋诗作画以坚之。

场事既竣，余妄意必第，自谓此后当料理姬事，以报其志。讵十七日，忽传家君舟抵江干，盖不赴宝庆之调，自楚休致矣。时已二载违养，冒兵火生还，喜出望外，遂不及为姬谋去留，竟从龙潭尾家君舟抵銮江。家君阅余文，谓余必第，复留之銮江候榜。姬从桃叶寓馆仍发舟追余，燕子矶阻风，几复罹不测，重盘桓銮江舟中。七日，乃榜发，余中副车，穷日夜力归里门，而姬痛哭相随，不肯返，且细悉姬吴门诸事，非一手足力所能了。责逋者见其远来，益多奢望，众口狺狺①。且严亲甫归，余复下第意阻，万难即诣。舟抵郭外朴巢，遂冷面铁心，与姬决别，仍令姬返吴门，以厌责逋者之意，而后事可为也。

---

① 狺（yín）：犬吠声。

阴月，过润州，谒房师郑公，时闽中刘大行自都门来，陈大将军及同盟刘刺史饮舟中。适奴子自姬处来，云："姬归不脱去时衣，此时尚方空在体。谓余不速往图之，彼甘冻死。刘大行指余曰："辟疆夙称风义。固如负一女子耶？"余云："黄衫押衙，非君平、仙客所能自为。"刺史举杯奋袂曰："若以千金恣我出入，即于今日往！"陈大将军立贷数百金，大行以参数斤佐之。讵谓刺史至吴门，不善调停，众哗决裂，逸去吴江。余复还里，不及讯。

姬孤身维谷，难以收拾。虞山宗伯闻之，亲至半塘，纳姬舟中。上至荐绅，下及市井，纤悉大小，三日为之区画立尽，索券盈尺。楼船张宴，与姬钱于虎疁，旋买舟送至吾皋。至月之望，薄暮，侍家君饮于拙存堂，忽传姬抵河干。接宗伯书，娓娓洒洒，始悉其状，且即驰书贵门生张祠部，立为落籍吴门。后有细琐，则周仪部终之，而南中则李宗宪旧为祠垣者与力焉。越十月，愿始毕，然后往返葛藤，则万斛心血所灌注而成也。

壬午清和晦日，姬送余至北固山下，坚欲从渡江归里。余辞之，益哀切，不肯行。舟泊江边，时西先生毕今梁寄余夏西洋布一端，薄如蝉纱，洁比雪艳。以退红为里，为姬制轻衫，不减张丽华桂宫霓裳也。偕登金山，时四五龙舟冲波激荡而上，山中游人数千，尾余二人，指为神仙。绕山而行，凡我两人所止，则龙舟争赴，回环数匝不去。呼询之，则驾舟者皆余去浙回官舫长年也。劳以鹅酒①，竟日返舟，舟中宣瓷大白盂，盛樱珠数升，共啖之，不辨其为樱为唇也。江山人物之盛，照映一时，至今谈者侈矣。

---

① 鹅酒：鹅和酒，旧时常用作馈赠品。

影梅庵忆语卷二

秦淮中秋日,四方同社诸友感姬为余不辞盗贼风波之险,间关相从,因置酒桃叶水阁。时在座为眉楼顾夫人、寒秀斋李夫人,皆与姬为至戚,美其属余,咸来相庆。是日新演《燕子笺》①,曲尽情艳。至霍华离合处,姬泣下,顾、李亦泣下。一时才子佳人,楼台烟水,新声明月,俱足千古,至今思之,不啻游仙枕上梦幻也。

銮江汪汝为,园亭极盛,而江上小园,尤收拾江山胜概。壬午鞠月②之朔,汝为曾延予及姬于江口梅花亭子上。长江白浪涌象,奔赴杯底。姬轰饮巨叵罗③,觞政明肃,一时在座诸姬皆颓唐溃逸。姬最温谨,是日豪情逸致,则余仅见。

乙酉,余奉母及家眷流寓盐官。春过半塘,则姬之旧寓固

---

① 《燕子笺》:明代阮大铖所作戏曲,写唐代士子霍都梁与名妓华行云、尚书千金郦飞云的曲折婚恋故事。
② 鞠(jū)月:指农历八月。
③ 叵罗:酒杯。

宛然在也。姬有妹晓生，同沙九畹登舟过访，见姬为余如意珠，而荆人贤淑，相视复如水乳，群美之，群妒之。同上虎丘，与予指点旧游，重理前事，吴门知姬者咸称其俊识，得所归云。

鸳鸯湖上，烟雨楼高逶迤①，而东则竹亭园，半在湖内，然环城四面，名园胜寺，夹浅渚层溪而潋滟者，皆湖也。游人一登烟雨楼，遂谓已尽其胜，不知浩瀚幽渺之致，正不在此。与姬曾为竟日游，又共追忆钱塘江下桐君严濑、碧浪苍岩之胜，姬更云新安山水之逸，在人枕灶间，尤足乐也。

虞山宗伯送姬抵吾皋，是侍家君饮于家园，仓卒不敢告严君。又侍饮至四鼓，不得散。荆人不待余归，先为洁治别室，帷帐、灯火、器具、饮食，无一不顷刻具。酒阑见姬，姬云："始至正不知何故不见君，但见婢妇簇我登岸，心窃怀疑，且深恫骇。抵斯室，见无所不备。旁询之，始感叹主母之贤，而益快经岁之矢相从不误也。"自此姬扃②别室，却管弦，洗铅华，精学女红，恒月余不启户。耽寂享恬，谓骤出万顷火云，得憩清凉界，回视五载风尘，如梦如狱。居数月，于女红无所不妍巧，锦绣工鲜。刺巾裾如虮③无痕，日可六幅。剪彩织

---

① 逶（wēi）迤（yí）：形容道路、山川、河流弯弯曲曲延续不绝的样子。
② 扃（jiōng）：关门。
③ 虮（jǐ）：虱子的卵。

字,缕金回文,各厌其技,针神针绝,前无古人已。

姬在别室四月,荆人携之归。入门,吾母太恭人与荆人见而爱异之,加以殊眷。幼姑长姊尤珍重相亲,谓其德性举止均非常人。而姬之侍左右,服劳承旨,较婢妇有加无已。烹茗剥果,必手进;开眉解意,爬背喻痒。当大寒暑,折胶铄金时,必拱立座隅,强之坐饮食,旋坐旋饮食,旋起执役,拱立如初。余每课两儿文,不称意,加夏楚,姬必督之改削成章,庄书以进,至夜不懈。越九年,与荆人无一言枘凿①。至于视众御下,慈让不遑,咸感其惠。余出入应酬之费与荆人日用金错泉布,皆出姬手。姬不私铢两,不爱积蓄,不制一宝粟钗钿。死能弥留,元旦次日,求见老母,始瞑目,而一身之外,金珠红紫尽却立,不以殉,泂称异人。

余数年来欲裒②集四唐诗,购全集,类逸事,集众评,列人与年为次第。每集细加评选,广搜遗失,成一代大观。初、盛稍有次第,中、晚有名无集,有集不全,并名、集俱未见者甚夥。《品汇》,六百家大略耳,即《纪事本末》,千余家名姓稍存,而诗不具。《全唐诗话》更觉寥寥。芝隅先生序《十二唐人》,称豫章大家,藏中晚未刻集七百余种。孟津王师向余言:买灵宝许氏《全唐诗》数车满载,即囊流寓盐官胡孝辕职

---

① 枘(ruì)凿:格格不入。
② 裒(póu):聚。

方批阅唐人诗。剞劂①工费,需数千金。僻地无书可借,近复裹足牖下,不能出游购之,以此经营搜索,殊费工力,然每得一帙,必细加丹黄②。他书有涉此集者,皆录首简,付姬收贮。至编年论人,准之《唐书》。姬终日佐余稽查抄写,细心商订,永日终夜,相对忘言。阅诗无所不解,而又出慧解以解之。尤好熟读楚辞、少陵、义山、王建③、花蕊夫人、王珪④、三家宫词⑤,等身之书,周回左右,午夜衾枕间,犹拥数十家《唐书》而卧。今秘阁尘封,余不忍启,将来此志,谁克与终? 付之一叹而已。

犹忆前岁余读《东汉》,至陈仲举⑥、范⑦、郭⑧诸传,为

---

① 剞(jī)劂(jué):雕版,刻印。

② 丹黄:旧时点校书籍用朱笔书写,遇误字,涂以雌黄,故称点校文字的丹砂和雌黄为丹黄。

③ 王建:唐代诗人,名篇有《田家行》等,又以《宫词》知名。

④ 王珪:宋代诗词家、政治家。

⑤ 三家宫词:明代毛晋辑,收录唐王建、后蜀花蕊夫人、宋王珪三家七言绝句各一百首。

⑥ 陈仲举:陈蕃,东汉名臣,与大将军窦武共谋剪除宦官,事败而死。见《后汉书·陈蕃传》。

⑦ 范:即东汉名士范滂,卷入党锢之祸,被捕前与母诀别,其母曰:"儿今能与李膺、杜密齐名,死亦何恨?"见《后汉书·范滂传》。

⑧ 郭:东汉名士郭泰(范晔因避其父范泰讳改为郭太),被东汉太学生推为领袖。第一次党锢之祸后,被士人誉为党人"八顾"之一。后为避祸而闭门教授,弟子数千人。闻知陈蕃谋诛宦官事败身亡,哀恸不止,不久即辞世。见《后汉书·郭太传》。

之抚几，姬一一求解其始末，发不平之色，而妙出持平之议，堪作一则史论。

乙酉客盐官，尝向诸友借书读之，凡有奇僻，命姬手抄。姬于事涉闺阁者，则另录一帙①。归来与姬遍搜诸书，续成之，名曰《奁②艳》。其书之魂异精秘，凡古人女子，自顶至踵，以及服食器具、亭台歌舞、针神才藻，下及禽鱼鸟兽，即草木之无情者，稍涉有情，皆归香丽。今细字红笺，类分条析，俱在奁中。客春顾夫人远向姬借阅此书，与龚奉常极称其妙，促绣梓之。余即当忍痛为之校雠③鸠工，以终姬志。

姬初入吾家，见董文敏为余书《月赋》，仿钟繇笔意者，酷爱临摹，嗣遍觅钟太傅诸帖学之。阅《戎辂表》称关帝君为贼将，遂废钟，学《曹娥碑》，日写数千字，不讹不落。余凡有选摘，立抄成帙，或史或诗，或遗事妙句，皆以姬为绀④珠。又尝代余书小楷扇，存戚友处。而荆人米盐琐细，以及内外出入，无不各登手记，毫发无遗。其细心专力，即吾辈好学人鲜及也。

姬于吴门曾学画未成，能做小丛寒树，笔墨楚楚。时于几

---

① 帙（zhì）：量词，用于装套的线装书。
② 奁（lián）：古代妇女梳妆用的镜匣。
③ 雠（chóu）：校对文章。
④ 绀（gàn）珠：相传唐开元年间宰相张说有绀色珠一颗，或有遗忘之事，持弄此珠，便觉心神开悟，事无巨细，焕然明晓，因名记事珠。见五代王仁裕《开元天宝遗事·记事珠》，后因以比喻博记。

砚上辄自图写,故于古今绘事,别有殊好。偶得长卷小轴,与笥①中旧珍,时时展玩不置。流离时宁委衾具,而以书画捆载自随。来后尽裁装潢,独存纸绢,犹不得免焉,则书画之厄,而姬之嗜好,真且至矣。

---

① 笥(sì):盛饭或衣物的方形竹器。

影梅庵忆语卷三

姬能饮，自入吾门，见余量不胜蕉叶①，遂罢饮，每晚侍荆人数杯而已。而嗜茶与余同性，又同嗜岕片。每岁半塘顾子兼择最精者缄寄，具有片甲蝉翼之异。文火细烟，小鼎长泉，必手自吹涤。余每诵左思《娇女诗》"吹嘘对鼎䥽②"之句，姬为解颐。至"沸乳看蟹目鱼鳞，传瓷选月魂云魄"，尤为精绝。每花前月下，静试对尝，碧沉香泛，真如木兰沾露，瑶草临波，备极卢陆③之致。东坡云："分无玉碗捧峨眉。"余一生清福，九年占尽，九年折尽矣。

姬每与余静坐香阁，细品名香。宫香诸品淫，沉水香俗，俗人以沉香著火上，烟扑油腻，顷刻而灭。无论香之性情未出，即著怀袖，皆带焦腥。沉香坚致而纹横者，谓之"横隔

---

① 蕉叶：浅底的酒杯。

② 䥽（lì）：古代炊具。

③ 卢陆：卢为卢仝，唐代诗人，以一篇《走笔谢孟谏议寄新茶》而与唐代茶圣陆羽齐名，世称"卢陆"。

沉",即四种沉香内隔沉横纹者是也,其香特妙。又有沉水结而未成,如小竺大菌,名"蓬莱香",余多蓄之。每慢火隔砂,使不见烟,则阁中皆如风过伽楠①,露沃蔷薇,热磨琥珀,酒倾犀斝②之味,久蒸衾枕间,和以肌香,甜艳非常,梦魂俱适。外此则有真西洋香方,得之内府③,迥非肆料④。丙戌客海陵,曾与姬手制百丸,诚闺中异品,然爇⑤时亦以不见烟为佳,非姬细心秀致,不能领略到此。

黄熟出诸番,而真腊⑥为上,皮坚者为黄熟桶,气佳而通黑者为隔筏黄熟。近南粤东莞茶园村,土人种黄熟,如江南之艺茶,树矮枝繁,其香在根。自吴门解人剔根切白,而香之松朽尽削,油尖铁面尽出。余与姬客半塘时,知金平叔最精于此。重价数购之,块者净润,长曲者如枝如虬,皆就其根之有结处,随纹缕出,黄云紫绣,半杂鹧鸪斑,可拭可玩。寒夜小室,玉帏四垂,毾㲪⑦重叠,烧二尺许绛蜡二三枝,陈设参差,堂几错列,大小数宣炉,宿火常热,色如液金粟玉。细拨活灰一寸,灰上隔砂选香蒸之,历半夜,一香凝然,不焦不

---

① 伽楠:佛教寺院的通称。
② 犀斝(jiǎ):犀牛角制的酒器。
③ 内府:皇宫的仓库、后通称皇宫的物品为内府之物。
④ 肆料:市场上可购得的物品。
⑤ 爇(ruò):燃烧。
⑥ 真腊:即柬埔寨。
⑦ 毾(tà)㲪(dēng):即有彩纹的细毛毯。

竭，郁勃氤氲①，纯是糖结。热香间有梅英半舒，荷鹅梨蜜脾之气，静参鼻观。忆年来共恋此味此境，恒打晓钟尚未著枕，与姬细想闺怨，有斜倚薰篮，拨尽寒炉之苦，我两人如在蕊珠众香深处。今人与香气俱散矣，安得返魂一粒，起于幽房扃室中也！

一种生黄香，亦从枯肿朽痈中，取其脂凝脉结、嫩而未成者。余尝过三吴白下，遍收筐箱中，盖面大块，与粤客自携者，甚有大根株尘封如土，皆留意觅得，携归，与姬为晨夕清课，督婢子手自剥落，或斤许仅得数钱，盈掌者仅削一片，嵌空镂剔，纤悉不遗，无论焚蒸，即嗅之，味如芳兰，盛之小盘，层撞中色殊香别，可弄可餐。曩曾以一二示粤友黎美周，讶为何物，何从得如此精妙？即《蔚宗传》中恐未见耳。又东莞以女儿香为绝品，盖土人拣香，皆用少女。女子先藏最佳大块，暗易油粉，好事者复从油粉担中易出。余曾得数块于汪友处，姬最珍之。

余家及园亭，凡有隙地，皆植梅，春来早夜出入，皆烂漫香雪中。姬于含蕊时，先相枝之横斜与几上军持②相受，或隔岁便芟剪得宜，至花放恰采入供，即四时草花竹叶，无不经营

---

① 氤（yīn）氲（yūn）：形容烟或气很盛。

② 军持：梵语，意为净瓶或澡罐。

绝慧，领略殊清，使冷韵幽香，恒霏微①于曲房斗室，至秾②艳肥红，则非其所赏也。秋来犹耽晚菊，即去秋病中，客贻我"剪桃红"③，花繁而厚，叶碧如染，浓条婀娜，枝枝具云罨④风斜之态。姬扶病三月，犹半梳洗，见之甚爱，遂留榻右，每晚高烧翠蜡，以白团⑤回六曲，围三面，设小座于花间，位置菊影，极其参横妙丽。始以身入，人在菊中，菊与人俱在影中。回视屏上，顾余曰："菊之意态尽矣，其如人瘦何？"至今思之，淡秀如画。

闺中蓄春兰九节及建兰，自春徂⑥秋，皆有三湘七泽之韵，沐浴姬手，尤增芳香。《艺兰十二月歌》皆以碧笺手录粘壁。去冬姬病，枯萎过半。楼下黄梅一株，每腊万花，可供三月插戴。去冬姬移居香俪园静摄，数百枚不生一蕊，惟听五鬣涛声，增其凄响而已。

姬最爱月，每以身随升沉为去住。夏纳凉小苑，与幼儿诵唐人咏月及流萤纨扇诗，半榻小几，恒屡移以领月之四面。午夜归阁，仍推窗延月于枕簟间，月去复卷幔倚窗而望，语余

---

① 霏微：犹弥漫。
② 秾（nóng）：草木茂盛。
③ 剪桃红：名贵菊花名。
④ 罨（yǎn）：覆盖。
⑤ 白团：扇子的一种。
⑥ 徂（cú）：往，到。

曰："吾书谢希逸①《月赋》，古人'厌晨欢，乐宵宴'，盖夜之时逸，月之气静，碧海青天，霜缟冰净，较赤日红尘，迥隔仙凡。人生攘攘，至夜不休，或有月未出已齁②睡者，桂华露影，无福消受。与子长历四序，娟秀浣洁，领略幽香，仙路禅关，于此静得矣。"李长吉③诗云："月漉漉，波烟玉。"姬每诵此三字，则反复回环，日月之精神气韵光景，尽于斯矣。人以身入波烟玉世界之下，眼如横波，气如湘烟，体如白玉，人如月矣，月复似人，是一是二，觉贾长江"倚影为三"之语尚赘，至"淫耽""无厌""化蟾"之句，则得玩月三昧矣。

姬性淡泊，于肥甘一无嗜好，每饭，以岕茶④一小壶温淘，佐以水菜、香豉数茎粒，便足一餐。余饮食最少，而嗜香甜及海错⑤风熏之味，又不甚自食，每喜与宾客共赏之。姬知余意，竭其美洁，出佐盘盂，种种不可悉记，随手数则，可睹一斑也。酿饴为露，和以盐梅，凡有色香花蕊，皆于初放时采渍之。经年，香味、颜色不变，红鲜如摘，而花汁融液露中，入口喷鼻，奇香异艳，非复恒有。最娇者为秋海棠露。海棠无

---

① 谢希逸：谢庄，南朝宋文学家。
② 齁（hōu）：鼻息声。
③ 李长吉：即唐代诗人李贺。
④ 岕（jiè）茶：茶名，产于浙江省长兴县境内的罗岕山，故名。为茶中上品。
⑤ 海错：指海产品。

香，此独露凝香发。又俗名断肠草，以为不食，而味美独冠诸花。次则梅英、野蔷薇、玫瑰、丹桂、甘菊之属。至橙黄、橘红、佛手、香橼，去白缕丝，色味更胜。酒后出数十种，五色浮动白瓷中，解酲①消渴，金茎仙掌，难与争衡也。取五月桃汁、西瓜汁，一穰一丝漉尽，以文火煎至七八分，始搅糖细炼，桃膏如大红琥珀，瓜膏可比金丝内糖，每酷暑，姬必手取其汁示洁，坐炉边静看火候成膏，不使焦枯，分浓淡为数种，此尤异色异味也。制豉，取色取气先于取味，豆黄九晒九洗为度，颗瓣皆剥去衣膜，种种细料，瓜杏姜桂，以及酿豉之汁，极精洁以和之。豉熟擎出，粒粒可数，而香气酣色殊味，迥与常别。红乳腐烘蒸各五六次，内肉既酥，然后剥其肤，益之以味，数日而成者，绝胜建宁②三年之蓄。他如冬春水盐诸菜，能使黄者如蜡，碧者如苔③。蒲④藕笋蕨、鲜花野菜、枸蒿蓉菊之类，无不采入食品，芳旨盈席。火肉⑤久者无油，有松柏之味。风鱼久者如火肉，有麋鹿之味。醉蛤如桃花，醉鲟骨如白玉，油蛆如鲟鱼，虾松如龙须，烘兔酥雉如饼饵，可以笼而食。菌脯如鸡粽，腐汤如牛乳。细考之食谱，四方郇⑥厨中

---

① 酲（chéng）：醉酒。
② 建宁：县名，在福建省西北部，农产品丰富。
③ 苔（tái）：青苔。
④ 蒲：香蒲，供食用。
⑤ 火肉：熏肉。
⑥ 郇（xún）：周朝国名，在今山西林猗县。

一种偶异，即加访求，而又以慧巧变化为之，莫不异妙。

甲申三月十九日之变①，余邑清和望后②，始闻的耗。邑之司命者③甚懦，豺虎狰狞踞城内，声言焚劫，郡中又有兴平兵④四溃之警。同里绅衿大户，一时鸟兽骇散，咸去江南。余家集贤里，世恂让，家君以不出门自固。阅数日，上下三十余家，仅我处有炊烟耳。老母、荆人惧，暂避郭外，留姬侍余。姬扃内室，经纪衣物、书画、文券，各分精粗，散付诸仆婢，皆手书封识。群横日劫，杀人如草，而邻右人影落落如晨星，势难独立，只得觅小舟，奉两亲，挈家累，欲冲险从南江渡澄江北。一黑夜六十里，抵泛湖州朱宅，江上已盗贼蜂起，先从间道微服送家君从靖江行，夜半，家君向余曰："途行需碎金，无从办。"余向姬索之，姬出一布囊，自分许至钱许，每十两可数百小块，皆小书轻重于其上，以便仓卒随手取用。家君见之，讶且叹，谓姬何暇精细及此！

维时⑤诸费较平日溢十倍尚不肯行，又迟一日，以百金雇十舟，百余金募二百人护舟。甫行数里，潮落舟胶，不得上。

---

① 甲申三月十九日之变：崇祯十七年（公元1644年）三月十九日，李自成领导的农民起义军攻占北京，崇祯帝在煤山（今景山）吊死。

② 清和望后：阴历四月十五日之后。

③ 邑之司命者：邑，旧时县的则称；司命，星官名，在此借指地方官吏。

④ 兴平兵：指兴平伯高杰的部下。

⑤ 维时：此时。

遥望江口，大盗数百人据六舟为犄角，守隘以俟。幸潮落，不能下逼我舟。朱宅遣有力人负浪踏水驰报曰："后岸盗截归路，不可返。"护舟二百人中且多盗党，时十舟哄动，仆从呼号垂涕。余笑指江上众人曰："余三世百口咸在舟，自先祖及余祖孙父子，六七十年来居官居里，从无负心负人之事，若今日尽死盗手，葬鱼腹，是上无苍苍，下无茫茫矣！潮忽早落，彼此舟停不相值，便是天相。尔辈无恐，即舟中敌国，不能为我害也。"先夜拾行李登舟时，思大江连海，老母幼子，从未履此奇险，万一阻石尤，欲随路登岸，何从觅舆辆？三鼓时以二十金付沈姓人，求雇二舆一车、夫六人。沈与众咸诧异笑之，谓"明早一帆，未午便登彼岸，何故黑夜多此难寻无益之费？"倩榜人募舆夫，观者绝倒。余必欲此二者，登舟始行，至斯时虽神气自若，然进退维谷，无从飞脱，因询出江未远果有别口登岸通泛湖洲者。舟子曰："横去半里有小路六七里，竟通彼。"余急命鼓楫至岸，所募舆车三事，恰受俯仰①七人。余行李婢妇，尽弃舟中。顷刻抵朱宅，众始叹余之夜半必欲水陆兼备之为奇中也。

大盗知余中遁，又朱宅联络数百人为余护发行李人口，盗虽散去，而未厌其志，恃江上法网不到，且值无法之时，明集数百人，遣人谕余以千金相致，否则竟围朱宅，四面举火。余

---

① 俯仰：这里指一家老小。

复笑答曰:"盗愚甚,尔不能截我于中流,乃欲从平陆数百家中久攻之,安可得哉?"然泛湖洲人名虽相卫,亦多不轨。余倾囊召阖庄人付之,令其夜设牲酒,齐心于庄外备不虞。数百人饮酒分金,咸去他所。余即于是夜一手扶老母,一手曳荆人,两儿又小,季甫生旬日,同其母付一信仆偕行,从庄后竹园深箐中蹒跚出,维时更无能手援姬。余回顾姬曰:"汝速蹴步,则尾余后,迟不及矣!"姬一人颠连趋蹶,仆行里许,始仍得昨所雇舆辆,星驰至五鼓,达城下,盗与朱宅之不轨者未知余全家已去其地也。然身脱而行囊大半散矣,姬之珍爱尽失焉。姬返舍,谓余:当大难时,首急老母,次急荆人、儿子、幼弟为是。彼即颠连不及,死深箐中无憾也。午节返吾庐,袵金革①与城内枭獍②为伍者十旬,至中秋,始渡江入南都③。别姬五阅月,残腊乃回,挈家随家君之督漕任。去江南,嗣寄居盐官。因叹姬明大义、达权变如此,读破万卷者有是哉?

乙酉流寓盐官,五月复值崩陷,余骨肉不过八口。去夏江上之累,缘仆妇杂沓奔赴,动至百口,又以笨重行李四塞舟车,故不能轻身去,且来窥睍④。此番决计置生死于度外,扁

---

① 金革:指战争。

② 枭獍(jìng):旧说枭为恶鸟,生而食母;獍为恶兽,生而食父。比喻忘恩负义之徒或狠恶之人。

③ 南都:即南京,李自成攻占北京后,马士英拥立福王在南京建立南明政权。

④ 睍(jiàn):探视。

户不他之。乃盐官城中，自相残杀，甚哄，两亲又不能安，复移郭外大白居。余独令姬率婢妇守寓，不发一人一物出城，以贻身累。即侍两亲，挈妻子流离，亦以子身往。乃事不如意，家人行李纷沓违命而出。大兵迫檇李①，薙发之令初下，人心益皇皇。家君复先去惹山，内外莫知所措，余因与姬决："此番溃散，不似家园，尚有左右之者，而孤身累重，与其临难舍子，不若先为之地。我有年友，信义多才，以子托之，此后如复相见，当结平生欢，否则听子自裁，毋以我为念。"姬曰："君言善。举室皆倚君为命，复命不自君出，君堂上膝下，有百倍重于我者，乃以我牵君之臆，非徒无益，而又害之。我随君友去，苟可自全，誓当匍匐②以俟君回；脱有不测，前与君纵观大海，狂澜万顷，是吾葬身处也！"方命之行，而两亲以余独割姬为憾，复携之去。自此百日，皆辗转深林僻路、茅屋渔艇。或一月徙，或一日徙，或一日数徙，饥寒风雨，苦不具述，卒于马鞍山遇大兵，杀掠奇惨，天幸得一小舟，八口飞渡，骨肉得全，而姬之惊悸瘁瘏③，至矣尽矣！

---

① 檇（zuì）李：嘉兴别称。
② 匍匐：这里指竭力，全力。
③ 瘏（tú）：疲劳致病。

影梅庵忆语卷四

秦溪蒙难之后，仅以俯仰八口免，维时仆婢杀掠者几二十口，生平所蓄玩物及衣贝，靡孑遗矣。乱稍定，匍匐入城，告急于诸友，即襮被不办。夜假荫于方坦庵年伯，方亦窜迹初回，仅得一毡，与三兄共裹卧耳房。时当残秋，窗风四射。翌日，各乞斗米束薪于诸家，始暂迎二亲及家累返旧寓，余则感寒，痢疟沓作矣。横白板扉为榻，去地尺许，积数破絮为卫，炉煨桑节，药缺攻补。且乱阻吴门，又传闻家难剧起，自重九后溃乱沉迷，迄冬至前僵死，一夜复苏，始得间关破舟，从骨林肉葬中冒险渡江。犹不敢竟归家园，暂栖海陵。阅冬春百五十日，病方稍痊。此百五十日，姬仅卷一破席，横陈榻边，寒则拥抱，热则披拂，痛则抚摩。或枕其身，或卫其足，或欠伸起伏，为之左右翼，凡病骨之所适，皆以身就之。鹿鹿永夜，无形无声，皆存视听。汤药手口交进，下至粪秽，皆接以目鼻，细察色味，以为忧喜。日食粗粝一餐，与吁天稽首外，惟跪立我前，温慰曲说，以求我之破颜。余病失常性，时发暴怒，诟谇①三至，色不少忤，越五月如一日。每见姬星靥如蜡，弱骨如柴，吾母太恭人及荆妻怜之感之，愿代假一息。姬曰："竭我心力，以殉夫子。夫子生而余死犹生也；脱夫子不测，余留此身于兵燹②间，将安寄托？"更忆病剧时，长夜不寐，莽风飘瓦，盐官城中，日杀数十百人。夜半鬼声啾啾，来我破窗前，如蚕如箭。举室饥寒之人皆辛苦躬睡，余背贴姬心而坐，姬以手固握余手，倾耳静听，凄激荒惨，欷歔流涕。姬谓余曰："我入君门整四岁，早夜见君所为，慷慨多风义，毫发几微，不邻薄恶，凡君受过之处，惟余知之亮之，敬君之心，实逾于爱君之身，鬼神赞叹畏避之身也。冥漠有知，定加默佑。但人生身当此境，奇惨异险，动静备历，苟非金石，鲜不销亡！异日幸生还，当与君敝屣万有，逍遥物外，慎毋忘此际此语！"噫吁嘻！余何以报姬于此生哉！姬断断非人世凡女子也。

丁亥，谗口铄金，太行千盘，横起人面。余胸坟五岳，长夏郁蟠，惟早夜焚二纸告关帝君。久抱奇疾，血下数斗，肠胃中积如石之块以千计。骤寒骤热，片时数千语，皆首尾无端，或数昼夜不知醒。医者妄投以补，病益笃，勺水不入口者二十余日，此番莫不谓其必死，余心则炯炯然，盖余之病不从境入

---

① 谇（suì）：斥责，诘问。
② 燹（xiǎn）：野火。

也。姬当大火铄金时,不挥汗,不驱蚊,昼夜坐药炉旁,密伺余于枕边足畔六十昼夜,凡我意之所及与意之所未及,咸先后之。已丑秋,疽①发于背,复如是百日。余五年危疾者三,而所逢者皆死疾,惟余以不死待之,微姬力,恐未必能坚以不死也。今姬先我死,而永诀时惟虑以伊死增余病,又虑余病无伊以相待也,姬之生死为余缠绵如此,痛哉痛哉!

余每岁元旦,必以一岁事卜一签于关帝君前。壬午名心甚剧,祷看签首第一字,得"忆"字,盖"记萧兰房分半钗,如今忽把音信乖。痴心指望成连理,到底谁知事不谐"。余时占玩不解,即占全词,亦非功名语。比遇姬,清和晦日,金山别去,姬茹素归,虔卜于虎疁关帝君前,愿以终身事余,正得此签。秋过秦淮,述以相告,恐有不谐之叹,余闻而讶之,谓与元旦签合。时友人在坐,曰:"我当为尔二人合卜于西华门。"则仍此签也。姬愈疑惧,且虑余见此签中懈,忧形于面,乃后卒满其愿。"兰房""半钗""痴心""连理",皆天然闺阁中语,"到底""不谐",则今日验矣。嗟呼!余有生之年,皆长相忆之年也。"忆"字之奇,呈验若此!

姬之衣饰,尽失于患难,归来淡足,不置一物。戊子七夕,看天上流霞,忽欲以黄跳脱摹之,命余书"乞巧"二字,无以属对,姬云:"曩于黄山巨室,见覆祥云真宣炉,款式佳

---

① 疽(jū):中医指局部皮肤肿胀坚硬而皮色不变的毒疮。

绝,请以'覆祥'对'乞巧'。"镌摹颇妙。越一岁,钏忽中断,复为之,恰七月也,余易书"比翼""连理"。姬临终时,自顶至踵,不用一金珠纨绮,独留跳脱不去手,以余勒书故。长生私语,乃太真死后,凭洪都客述寄明皇者,当日何以率书,竟令《长恨》再谱也!

姬书法秀媚,学钟太傅,稍瘦,后又学《曹娥》。余每有丹黄,必对泓颖①,或静夜焚香,细细手录。闺中诗史成帙,皆遗迹也。小有吟咏,多不自存。客岁新春二日,即为余抄写《全唐五七言绝》上下二卷,是日偶读七岁女子"所嗟人异雁,不作一行归"之句,为之凄然下泪。至夜,和成八绝,哀声怨响,不堪卒读。余挑灯一见,大为不怿,即夺之焚去,遂失其稿。伤哉异哉!今岁信以是日长逝也。

客春三月,欲重去盐官,访患难相恤诸友。至邗②上,为同社所淹,时余正四十,请名流咸为赋诗,龚奉常独谱姬始末,成数千言,《帝京篇》《连昌宫》不足比拟。奉常云:"子不自注,则余苦心不见。如'桃花瘦尽春醒面'七字,绾合己卯醉晤、壬午病晤两番光景,谁则知者?"余时应之,未即下笔。他如园次之"自昔文人称孝子,果然名士悦倾城"、于皇之"大妇同行小妇尾"、孝威之"人在树间珠有意,妇来花下

---

① 泓颖:陶泓、毛颖为唐韩愈《毛颖传》中虚拟的人物,暗指砚和笔。后以"泓颖"借指笔砚。

② 邗(hán):邗江,县名,在江苏。

却能文"、心甫之"珊瑚架笔香印屟①,著富名山金屋尊"、仙期之"锦瑟蛾眉随分老,芙蓉园上万花红"、仲谋之"君今四十能高举,羡尔鸿妻佐春杵"、吾邑徂徕先生"韬藏经济一巢朴,游戏莺花两阁和"、元旦之"蛾眉问难佐书帏",皆为余庆得姬,讵谓我侑卮②之辞,乃姬誓墓之状邪?读余此杂述,当知诸公之诗之妙,而去春不注奉常诗,盖至迟之今日,当以血泪和隃糜③也。

三月之杪,余复移寓友沂"友云轩",久客卧雨,怀家正剧。晚霁,龚奉常偕于皇、园次过慰留饮,听小奚管弦度曲,时余归思更切,因限韵各作诗四首。不知何故,诗中咸有商音。三鼓别去,余甫著枕,便梦还家,举室皆见,独不见姬。急询荆人,不答。复遍觅之,但见荆人背余下泪。余梦中大呼曰:"岂死耶?"一恸而醒。姬每春必抱病,余深疑虑,旋归,则姬固无恙,因间述此相告。姬曰:"甚异!前亦于是夜梦数人强余去,匿之幸脱,其人尚狺狺不休也。"讵知梦真而诗谶,咸来先告哉?

---

① 屟(xiè):古时一种木板拖鞋。
② 侑卮(zhī):劝酒助兴。
③ 隃糜:为古县名,以产墨著称,后世因借指墨或墨迹。